COLLECTION FOLIO

Michel Schneider

Glenn Gould Piano solo

Aria et trente variations

nouvelle édition augmentée de quatre textes inédits

Gallimard

Cet ouvrage a été précédemment publié dans
la collection « L'un et l'autre » aux Éditions Gallimard.

Né en 1944, Michel Schneider, haut fonctionnaire, a été directeur de la musique et de la danse au ministère de la Culture de 1988 à 1991. Derniers ouvrages parus : *Je crains de lui parler la nuit,* roman (Gallimard, 1991), et *La comédie de la culture,* essai (Le Seuil, 1993).

À ma fille, Vanessa

By this, and this only, we have existed
Which is not to be found in our obituaries
Or in memories draped by the beneficent spider
Or under seals broken by the lean solicitor
In our empty rooms

T.S. Eliot, *The Waste Land*, V.

Nous avons existé par cela, cela seul
Qui n'est point consigné dans nos nécrologies
Ni dans les souvenirs que drape la bonne aragne
Ni sous les sceaux que brise le notaire chafouin
Dans nos chambres vacantes

Aria

En 1964, le pianiste canadien Glenn Gould, qui avait été jusque-là un brillant concertiste, se retira de toute performance publique. Jusqu'à sa mort, en 1982, il se confina dans l'enregistrement de disques, d'émissions de radio et de télévision, et dans la rédaction d'articles exposant son approche de la musique.

Il y a cette ligne selon laquelle sa vie s'est pliée en deux comme une lettre après qu'on l'a lue, s'est condamnée elle-même à la solitude comme on allait au désert, s'est abandonnée à l'extase. Qu'un pianiste au faîte de sa carrière, à l'âge de trente-deux ans, quitte la scène, non pour un temps, comme le fit Horowitz, entre autres, mais pour n'y revenir jamais, déçut l'attente mondaine. Que ce ne fût là que le premier écart d'un retrait toujours croissant passa l'imagination. Mais que cet isolement forcené ait été, non une fuite devant la réalité, ses prestiges et ses tentations, mais une fugue, au sens musical du terme, une entreprise esthétique et éthique voulue, concertée, cohérente, conséquente, une et multiple, est demeuré une énigme qui étonnera longtemps ceux pour qui l'art est un divertissement et non le moyen de sauver son âme.

Qu'est devenue la musique en lui, quand personne ne l'entendait plus dans le même temps et le même lieu où il la jouait ? Les élèves du Conservatoire royal de Toronto auxquels il s'adressait le 11 novembre 1964 n'entendirent qu'un conseil : soyez seuls, demeurez dans la contemplation qui est une grâce. Ce devoir de solitude, Gould s'y tint sans défaut depuis ce dernier concert quelques mois plus tôt à Chicago. L'avant-dernier, en fait. Quelques jours après, le 10 avril, à Los Angeles, il joua encore en public, mais c'est ce soir-là, à Chicago, qu'il décida de rompre avec la scène, à jamais.

Il avait joué quelques fugues de *L'Art de la fugue* (je ne sais lesquelles ; j'aimerais que fût parmi elles la quatrième, dite *Sainte-Anne*), puis la *Partita* n° 4, la *Sonate* opus 110 de Beethoven, et la *Troisième Sonate* de Krenek. C'était peut-être au milieu de l'*Andante* du Beethoven que tout s'était rompu – ou éclairé – qui sait ? Le lien qui l'unissait à la salle, la ligne des notes bémolisées (*mi ré do si do la la sol*), s'était défait. Les doigts avaient continué à jouer les notes, mais lui n'était plus là. Ils joueraient jusqu'à la fin du concert, et personne ne s'apercevrait de rien, tout seuls, pour ainsi dire. Il avait perdu le contact. Avec eux, d'abord. Il avait senti combien la musique atteint en fait peu de gens dans une salle de concert, une fois décomptés ceux qui somnolent, savourent d'avance le souper qui suivra ou ne sont là que pour dire le lendemain qu'ils étaient là. Il préférait encore ceux que la musique fait fuir, à ceux-ci qui s'en accommodent tièdement, qu'elle ne dérange pas dans leurs rêveries et leurs calculs.

Il avait beau, depuis qu'il jouait en concert, proscrire les pièces de concert et condamner ses spectateurs à se faire un peu plus auditeurs, en leur donnant des pièces difficiles, polyphoniques (beaucoup de formes fuguées, ce dernier soir, hormis même les Bach : le troisième mouvement du Beethoven, le deuxième du Krenek), abstraites, ou franchement ennuyeuses comme la *Sonate* de Krenek qu'il traînait dans ses programmes depuis sept ou huit ans comme une sorte de talisman qui le protégeait de l'avidité du public et refroidissait opportunément ses ardeurs applaudissantes en fin de soirée, mais ils étaient toujours là. Il ne voulait plus les voir, ces auditeurs qui n'entendent qu'avec leurs yeux, leurs bouches.

La vie qu'il venait de quitter n'avait pas eu que des inconvénients pourtant. Il arrivait que l'angoisse mourût, au détour d'un trille adroitement accompli, et finalement, il n'aimait rien tant certains soirs que d'avoir à lutter pour se libérer de l'oppressante et quelque peu salissante présence des gens. Mais quelque chose s'était effondré à la mesure 17 du troisième mouvement de l'opus 110, quand se déplore le *Klagender Gesang*, le chant de douleur. Il n'avait pu faire le *crescendo* qui sous-tend la plainte. Il ne pouvait faire cela. Pas devant eux, les deux mille qui regardaient, attendaient la fin. C'était comme se dévêtir, ou mourir. Il fallait se cacher. Il savait que la fugue allait venir très vite, où il pourrait se masquer de sérénité. Mais il reviendrait aussi, encore, voilé, *perdendo le forze*, l'*Arioso* de douleur, et alors, indiquée à la mesure 130, la pédale *una corda* ne suffirait pas à teinter d'absence la phrase qui s'efface. Il faudrait encore moins de son.

1

Rentré à son hôtel après ce dernier concert, il regardait son existence comme le soir on regarde ses vêtements pliés sur la chaise, étranges oripeaux dont on se demande comment ils ont bien pu tout le jour être si nécessaires. Qu'importait ce qu'il avait fait, gagné, ce qu'il avait possédé. L'inconnu lui faisait signe : il devait donner d'autres contours aux choses. C'était comme s'il se détachait des autres – pas seulement de ces ombres des salles baignées de musique, de tous les autres – et qu'il n'avait plus à se demander sans cesse ce que c'était que l'amour. (C'était cela qu'il n'aimait pas chez Mozart, ce côté enfant qui guette l'amour dans les yeux émerveillés que son génie allume, qui le mendie parfois, à force de séduction.)

« Est-ce que vous m'aimez ? » supplie, caresse ou tonne sans relâche le soliste. Il ne voulait plus être soliste. Sa question était autre : était-il vraiment vivant ? Il voulait mieux se connaître et savait que, pour cela, il devrait se perdre, se désagréger, puis se reformer, s'éparpiller encore. Ce qui comptait, dans la nuit des doigts ouverts, paumes tournées vers le plafond, c'était les moments où ils allaient encore approcher le clavier, mais sans toucher, comme disent ceux qui l'écoutaient l'œil embué et l'oreille distraite. Un effort de définition, d'attention, plus que d'attente. Il n'y aurait bientôt plus personne entre la musique et lui. Il y aurait, sous ses mains – car il fallait bien qu'il y eût des mains – une trame abstraite, impalpable. Ce qui s'élève, ce qui plane, des retombées, des heurts, ce qu'on appelle et qui ne vient pas, ce qui arrive et s'évanouit, ce qui subsiste.

Les seuls espaces auxquels il eût jamais désiré appartenir étaient les étendues sans limites du Grand Nord, ou les murs sans histoires des chambres de motels. Non sans jeu, il se voyait désormais comme un passant, une silhouette traversant de multiples espaces, une forme dispersée en une infinité de demeures, de visages, d'esprits, une présence insexuée, connue par ses seuls enregistrements, une absence qui ne cesserait que le temps qu'ici ou là quelqu'un se dise : tiens, je vais écouter Gould.

Il savait que jamais plus il ne voudrait jouer devant un public vivant. Les gens écouteraient son reflet de vinyle, verraient son ombre cathodique.

Ce détachement ne lui était pas démembrement ni mutilation, il en espérait l'affectueuse distance du fantôme attirant à lui les pensées avant de disparaître, le passage blanc de cet ange auquel on fait une place quand il rompt le cercle de ceux qui parlent.

Il n'en finit pas de circonscrire le territoire de sa

solitude. Il avançait toujours à contre-jour, à contre-nuit. Il ignorait l'embrasure d'un seuil où quelqu'un vous accueille, et refusait l'échancrure d'une affection dans la trame serrée des heures.

Il faut pourtant cesser de parler pour pouvoir écouter, et ne plus jouer de la musique pour la réentendre dans toute son exigence.

Il serait aussi court d'attribuer les raisons de ce retrait à l'hypocondrie, au *taedium vitae* ou à la misanthropie, qu'aux rationalisations que Gould en proposa : l'idée que le concert serait une forme de communication dépassée à l'ère des médias, la conviction que « le public est une force du mal ». Il y a deux aspects dans ce retrait : la décision de quitter la scène et la préférence pour l'enregistrement. La scène, quand il donnait encore des concerts, Gould entreprenait méthodiquement de s'en arracher, se représentant qu'elle n'existait pas et qu'il jouait en réalité pour lui seul. Quant à l'enregistrement, au goût pour l' « indirect », il est lui-même déterminé par des courants divers : besoin d'une médiation entre soi et l'autre, volonté de lutter contre l'éphémère et de constituer des monuments opposables à la détresse, attirance pour la falsification (Gould truquait tous ses enregistrements).

Mais il y avait autre chose. Un appel, une attirance, un vertige; une affinité qu'il savait entre musique et disparition. Ce n'était pas son premier retrait, sa première rupture. En 1952, il avait décidé de partir vivre plus au nord, à Uptergrove, dans l'isolement le plus total, n'emmenant que son magnétophone et son chien. Il y resta près de trois ans. Il voulait travailler le piano jusqu'au point où il saurait s'il devait en faire sa vie ou abandonner, avec cette sorte d'énergie désespérée qu'on met à se perdre. Il se produisait cependant de temps à autre pour quelques engagements, quelques radios.

Maintenant, c'était un peu le même besoin de retraite. Il n'aimait pas cette alternance qu'était sa vie, les longs sommeils entre deux concerts, et puis, soudain, ces soirs-là, ce tourbillon interne, cette agitation d'insecte ramené à la vie en plein hiver par l'illusion d'une chaleur qui l'égare. Il lui fallait retrouver au-dedans de lui le centre de silence sans lequel jouer de la musique est trahison et en écouter, tourment. Il savait qu'il était en partance pour une étrange contrée où, guetté par l'effroi ou la langueur, il serait seul à marcher. Il veillerait, reprendrait la musique au commencement, à chaque fois au commencement, oubliant ce qu'il en savait, la voulant intouchée. Il la boirait avec les yeux, les mains, les lèvres, inaltéré.

Sans doute ne croyait-il pas à la vérité des notes, pas plus qu'à la bonté des mots, et savait-il que la moindre *Toccata* qu'il jouerait serait un paysage déjà couché sous le vent de la tradition, froissé par ces grandes mains du passé qu'il n'aimait pas : Wanda Landowska, Edwin Fischer. Il devinait ce que serait désormais cette forme qu'il tremblait d'atteindre dans les années de sa maturation : une longue et ténébreuse succession de vagabondages, où, seul, de temps en temps, son corps défait jeté sur un lit d'emprunt et refusant de s'y abandonner, lui donnerait un logis provisoire. Il se voyait rongeant interminablement la racine du temps. Il se voyait grattant son piano comme une souris captive le fait des chevrons d'une toiture, pour sortir.

Le piano, c'est comme s'il y était né. Gould était le fils unique de parents tous deux musiciens. Le père, nommé Russel Herbert, artisan en pelleterie, pratiquait le violon en amateur ; la mère, Florence, jouait du piano et de l'orgue, et avait, jeune, envisagé un temps une carrière musicale. Quand Gould était enfant, elle enseignait le chant, mais avait trop peu d'élèves pour que ce fût un véritable métier. On dit que Gould toucha un clavier la première fois assis sur les genoux de sa grand-mère.

Mais il y avait aussi une tradition, ou une légende familiale. Edvard Grieg aurait été le cousin germain de son arrière-grand-père maternel. Le nom de jeune fille de sa mère, Greig, serait une altération de celui du compositeur norvégien.

Gould rapportait que sa grand-mère maternelle « se targuait d'avoir fait de longs voyages hors de son Canada rural – Uxbridge, en Ontario – pour aller entendre Paderewski », mais elle aimait surtout ces « infatigables compositeurs d'hymnes, de tradition victorienne anglaise, dont elle empilait les œuvres sur son orgue d'anches et magnifiait superbement l'euphonie mendelssohnienne en actionnant à toute pompe les pédales à soufflets, convaincue que le diable, à chaque série scrupuleusement évitée de quintes parallèles, était traité selon son mérite – se pliant, quant à elle, à l'inévitable compression d'une réponse tonale lors d'une strette cadentielle comme à un article de foi ».

Le piano, ce fut dès l'âge de trois ans, les premières leçons avec sa mère, son seul professeur jusqu'à ce qu'il eût dix ans. L'enfant, assis sur la banquette Chesterfield en tissu de peluche, toujours plus voûté avec les années, jouait et déchiffrait comme s'il lui fallait traverser quelque chose. Un mur, une épreuve, un amour.

Il avait, rapporte-t-on, l'oreille absolue. À cinq ans, il pouvait jouer des morceaux simples, et en improviser de son cru. À onze ans, il fut confié à l'enseignement d'Alberto Guerrero, un Chilien d'une cinquantaine d'années, ayant lui-même été autrefois un pianiste-enfant prodigieux, qui enseignait au Conservatoire de musique de Toronto et demeura neuf ans le professeur de Gould, jusqu'à ce qu'il reconnaisse humblement n'avoir plus rien à lui apprendre. De lui, Gould dira plus tard : « Nos approches musicales étaient diamétralement opposées. C'était un homme " de cœur ", et je voulais être un garçon " de tête ". » Les parents, qui ne voulaient pas un enseignement public et collectif dans une école de musique, dépensaient alors, au début des années quarante, trois mille dollars par an pour ce professeur particulier.

Un jour, Gould avait six ans, on l'emmena écouter un récital de celui qui était le dernier des grands virtuoses de la légende pianistique : Josef Hofmann. L'enfant fut frappé comme par une lumière trop vive, un éclair. Il ne se souvint de rien. Si : des sons. De tous les sons, et pendant qu'on le ramenait en voiture à la maison, il se trouvait dans une sorte d'état intermédiaire entre la conscience et l'inconscience. Les sons lui semblaient non des sons de piano, mais d'orchestre, et ce n'était plus Hofmann qui jouait, mais lui-même.

Les parents jugeaient que le mal prenait trois formes : ne pas se rendre à la prière et aux sermons de l'Église, être malhonnête dans le commerce, et délaisser la musique. Mais ils voulaient avant tout éviter à leur fils le destin d'un *Wunderkind*, le protéger contre la carrière de professionnel et les trop précoces expositions à la scène, au succès. On citait comme repoussoir la vie du petit Mozart. À peine si on le laissait exécuter divers morceaux à telle réunion de la Société missionnaire des femmes dans l'église presbytérienne Emmanuel, à quelques rues de la maison des Gould. Une vieille dame émue se souvient aujourd'hui d'un Gould habillé d'un costume de satin blanc charmant les dames. Peut-être confond-elle le souvenir et l'image doucereuse du divin enfant prodige traîné dans toutes les cours d'Europe par son père Leopold.

Un jour – sans doute le jugea-t-on mûr – tout changea. On le montra en scène. Il avait dix ans.

Le 15 février 1944 Gould remporta son premier prix, le *Piano Trophy Competition* du Festival de Kiwanis. Le lendemain il se produisit lors du concert final, devant une assemblée de musiciens professionnels. L'année suivante, il réussit l'examen d'entrée au Royal Conservatory of Music de Toronto, considéré comme validant un niveau professionnel. En 1946, il satisfit aux examens de théorie de la musique et obtint son premier prix de Conservatoire, premier nommé.

Il ne fréquentait guère Mozart et refusait tout spécialement d'apprendre la *Sonate* en *la* majeur K. 331, parce que tout le monde la jouait. Il n'aimait de lui que la *Fugue* en *ut* majeur K. 394, car elle ne lui semblait pas mozartienne.

Sa seule idole d'adolescent fut le pianiste Arthur Schnabel. Gould grandit avec son Beethoven, son Schubert et son Brahms. Schnabel, dira-t-il, « semblait être quelqu'un qui ne se souciait pas réellement beaucoup du piano en tant qu'instrument. Le piano était pour lui un moyen tendu vers une fin, et cette fin était d'approcher Beethoven ». Il gardera de cette longue fréquentation par le biais du disque l'idée que dans la musique, il y a quelque chose à connaître, plus qu'à éprouver.

Ce soir-là, à Chicago, Gould ne sentait presque plus rien. Il aimait cet instant à la lisière de l'activité la plus folle et d'un repos qu'il craignait sans limites, et repassant la séquence de sa journée, regardait son propre corps rendu à l'anonymat comme une chose très pure, lavée des contacts où les rencontres du jour l'avaient compromis.

Je l'imagine dans une chambre d'hôtel, sur son lit défait, un instant arrêté au bord de la nuit, se refusant sauvagement à y sombrer, attendant qu'arrive ce moment de silence auquel il désespérait d'atteindre. Un étrange silence, résultant de deux radios et d'une télévision déversant leurs flux. Son corps était celui d'un rompu, bras et jambes écartés, les doigts de chaque main étoilant le drap froissé. C'était le jour de Pâques, le dimanche 29 mars 1964, à Chicago.

Il avait choisi cet hôtel parce qu'il était gris, gris comme le quartier un peu excentré où il était situé, gris comme ce mauvais temps d'hiver qui dure sur les bords du lac Michigan. Il aimait tant le gris. Mais le blanc revenait. Il neigeait ce jour-là. Quelques heures plus tôt, Gould avait joué sur la scène de l'Orchestra Hall. Ceux qui l'avaient vu avancer d'une démarche saccadée, les bras pendant le long du corps comme des choses mortes, voûté, les pans de son habit non repassés, puis plonger comme un élan égaré dans une salle de concert, aveuglé par les lambris, les regards et les feux, ballant de la tête, ne savaient pas qu'ils seraient les derniers à l'avoir vu en représentation.

Entre la vie qu'il venait de quitter et celle qui refusait encore de se dessiner, mais qu'il savait inévitable, il voyait des espaces rassurants, sans mots, sans musique, sans personne.

Cette brèche qu'il considérait entre lui et le jeu du

piano qui avait été toute sa vie et l'avait volé de la vie, il l'avait désirée, redoutant pourtant de s'y abandonner. C'était étrange, ce repos qui le gagnait, comme s'il était rentré au pays.

Il faisait froid, très, quand il avait regagné son hôtel, édifice à la fois élancé et misérable dressé contre un ciel de pierre.

2

D'un côté, ce qu'au Moyen Âge on nommait la *vita activa*, à laquelle Gould tourna le dos en 1964, pour toujours, de l'autre, la *vita contemplativa* où il demeura reclus avec son piano. « La vie active est laborieuse, la vie contemplative est tranquille ; la vie active se déroule en public, la vie contemplative au désert ; la vie active est vouée à la nécessité d'un voisinage, la vie contemplative à la vision de Dieu. » Telle est l'opposition canonique tracée au début du XIIe siècle par Hugues de Saint-Victor, d'une main ferme, éprise de symétries pures autant que d'élan réformateur.

Dans son studio, Gould renouait avec cet idéal monastique du *status religiosus*, vie de renoncement et chemin de perfection dont les pas sont pauvreté, chasteté et obéissance. Son approche de la musique est du même ordre que celle de Dieu pour les mystiques.

Gould jouait comme s'il regardait son piano de tout son corps, jusqu'à oublier le piano et le corps.

βίος θεωρητικός, vie de regard, de théorie, dont Aristote dit qu'elle est vie d'étranger, βίος ξενικός. Passée à attraper l'ombre des ombres. Comment le retrouver, le chemin caché, celui qui mène à soi-même, sinon seul ?

La solitude de Gould ne fut pas déchirure, mais blessure qui se referme. Une clôture féconde, le lieu d'un rassemblement : il se recueillait. Il aurait pu dire, comme Rilke : « Je suis dans le travail comme le noyau dans le fruit. »

La scène est à Leipzig, au Kaffeebaum, un restaurant qui existe toujours. Il y a, autour de la table enfumée, Ludwig Schunke, à qui Schumann vient de dédier sa *Toccata* et qui lui dédia en retour une *Sonate*, Moritz Rascher, qui écrit et joue de la musique, Ferdinand Stegmayer, lui aussi compositeur, Julius Knorr, professeur de piano, et Friedrich Wieck. Et puis Schumann, qui boit et fume des cigares. Ils se nomment les *Davidsbündler*. Dès que son bock est vide, Schumann le repousse vers l'angle de la table, en évidence, pour que le serveur l'emplisse aussitôt. Soudain, il se lève brusquement, comme sur ordre. Sans dire un mot, sans saluer, il part dans la nuit. Les autres pensent qu'il a trop de musique dans la tête. Lui, il veut simplement leur fausser compagnie et s'asseoir en silence devant sa musique.

La scène est à Amsterdam, Westermarkt, 6.

Assailli par le doute, Descartes prend la décision de « rejeter la terre mouvante et le sable pour retrouver le roc ou l'argile », et de rechercher un lieu « aussi solitaire et retiré que dans les déserts les plus écartés ».

La scène est à Athènes, dans les jardins d'Académos, Platon dénoue « ses liens avec la masse des hommes et élit la compagnie d'un petit nombre », comme Socrate s'était « dérobé aux siens et installé, à l'écart, où qu'il se trouvât, malgré les appels, pour se prendre lui-même comme objet de réflexion ». La pensée se pense en retrait du monde. C'est dans la distance du sensible (non seulement pour Gould se mettre à l'écart de son public, mais demeurer, au piano, loin du piano, tout en étant le plus près possible physiquement), que l'acte mental construit son objet à la place de l'objet réel. Aucune pensée ne se satisfait du perçu, du donné, du senti. Mais Gould transformait ce qu'il abordait par des distorsions et des reconstructions plus profondes que celles auxquelles se livrent d'ordinaire les interprètes. Il faisait de ses enregistrements de presque absolus *experimenta suitatis*, expériences du moi avec lui-même, selon l'expression d'un franciscain du XIIIe siècle, Pierre Olieu. C'est étrange comme on revient, pour penser la pensée, à deux images opposées : la terre natale, le sol ferme, et puis l'exil, la vie d'étranger, l'arrachement. Comme si elles ne désignaient qu'un seul nulle part.

La scène est nulle part : Gould joue le *Prélude* en *ut* majeur B.W.V. 933 de Bach.

Être seul n'est pas être dans la solitude. Je garderai le mot de solitude pour parler de cet état où l'on est sans les autres, certes, mais où l'on se tient compagnie, et nommerai esseulement les temps, que je sois seul ou en compagnie, où ma propre compagnie me manque, les moments où le « quelqu'un qui manque » n'est pas tant l'autre que moi-même. (À l'inverse, l'amour, quand l'autre vous manque, même quand il est là.) Être dans la solitude, c'est éprouver la certitude que l'autre est là, en moi. Et puis, il y a l'isolement, où manquent et l'autre et moi.

Penser est affaire de solitude : il faut bien que le monde se taise un peu. Mais l'esseulement frappe à mort le travail de penser. J'imagine Gould affreusement seul après le concert dans sa loge envahie d'admirateurs béats, non dans son studio de l'*Inn on the Park* se demandant comment il allait phraser l'entrée du contre-sujet d'une fugue. Peut-être était-il alors dans la même impatience contre le démon (tout ce qui n'est pas la musique), que sainte Thérèse parlant du mal : « C'est un chien qui aboie au-dehors. »

Les grands traits de la vie intérieure reproduits de siècle en siècle depuis Philon, Plotin et saint Augustin furent ainsi reformulés par Hugues de Saint-Victor. La voie part de la *considération*, recherche contradictoire, regard porté autour, sur le monde, sur moi et sur Dieu, puis atteint la *contemplation*, conception assurée et non douloureuse de la vérité. La contemplation est faite d'assentiment *(consensus)* : quand Gould joue, une sorte de oui ne cesse de s'ouvrir, de croître. Assentiment d'autant plus tendu que son objet se cache, d'autant plus fort qu'il s'élève d'un ressentiment pleinement mûri. Gould avait gagné la liberté de n'aimer pas (Mozart, les romantiques, le piano de pianistes) et cela lui donnait une grande intensité légère dans ses attachements (Gibbons, Strauss, les formes fuguées). Enfin, vient l'*extase*. L'âme se sépare du corps, et advient alors une sorte de regard sans yeux. L'âme est emportée *(rapitur)* jusqu'à la jouissance de Dieu.

Le premier stade de la *contemplatio* est la *meditatio*. De Saint-Victor, qui aime les formules ternaires, la définit comme « une réflexion insistante qui explore le mode, la cause et la raison de toutes choses. Le mode : ce quelle est; la cause : pourquoi elle est; la raison : comment elle est ».

Il y a trois genres de méditation : sur les créatures, sur l'Écriture, sur les mœurs. La première naît de l'admiration, la deuxième de la lecture, la troisième de la circonspection. Pour Gould, la *meditatio in creaturis* et la *meditatio in moribus* furent sans doute douloureuses.

Quand il était enfant, sa mère voulut limiter la pratique du piano pour ne pas l'épuiser. On se mit d'accord avec le professeur : pas plus de quatre heures par jour. Mais souvent il fallait presque arracher l'enfant au piano, lui promettre des récompenses s'il ne jouait pas. Il serait resté des nuits entières à jouer pour lui-même. À dix ans, il jouait tout le *Premier Livre* du *Clavier bien tempéré* de Bach, et à douze ou treize ans se mit à étudier les *Partitas*. Tôt, il s'est trouvé dans la position, finalement peu enviable, d'un enfant terriblement doué, possédant presque immédiatement une commande incroyable du clavier, et une capacité immense de lire et de penser la musique. Il fut, à treize ans, le plus jeune diplômé du Conservatoire de Toronto. Ce don, il l'éprouva comme un fardeau et lutta pour s'en défaire, non sans toutefois s'y complaire à certains moments. Sa mère voulait aussi qu'il eût des amis « normaux », ce qui voulait dire non-musiciens. Il n'eut pas d'amis, du tout.

Il existe de cette époque une photo assez effrayante de sagesse : un *Wunderkind* quand même, un peu fou. Gould y est assis au piano. Il a devant lui le *Premier Livre* du *Clavier bien tempéré* et un volume des *Partitas*, tous deux dans l'édition Schirmer. Il tient à la main une perruche sur un perchoir. Il y a une autre photo, datant de 1949 – dix-sept ans –; Gould, toujours au clavier, tenant la partie *primo* d'un étrange quatre mains dont la *secundo* est tenue par son chien, un setter anglais, Nicky. Les doigts de l'adolescent et les pattes du chien sont posés sur les touches. Le chien a l'air triste et regarde la partition. Gould semble ailleurs et froid : un garçon poli, en cravate, secrètement marri. Il ne regarde pas les notes. La photo n'est qu'une blague qu'il a probablement concoctée lui-même, mais, prise à la lettre, c'est l'image de l'apprenti musicien, en représentation, puisqu'on l'a voulu, et s'acquittant de sa tâche sérieusement, mais tout en gardant un œil au loin, songeant à ce qui n'est pas là, à ce qui dans la musique échappe à la représentation.

La famille habitait une maison modeste mais jolie, près de l'église où les parents jouaient de la musique et chantaient, donnant sur une rue en pente, calme, avec beaucoup d'arbres, non loin de la rive du lac Ontario.

Gould fit ses études primaires à l'école publique de la Williamson Road. Le bâtiment était à trois étages, haut de plafond, en brique. La façade était peu avenante. L'enfant, pour s'y rendre, devait descendre la moitié de sa rue, tourner à droite, remonter une autre moitié de rue. Aller à l'école lui fut très pénible : il avait des rapports déplorables avec ses maîtres et la plupart de ses camarades de classe.

Lorsqu'il s'ennuyait pendant les cours – c'était presque tout le temps le cas –, il s'abandonnait à des rêveries où il se voyait grand soliste parcourant le monde. Un camarade d'école, Robert Fulford, se souvient : « Glenn était solitaire parce qu'il travaillait comme un fou pour devenir un grand homme. Il avait un amour immense, tendre et passionné pour la musique... C'était un sentiment absolu, complet. Il savait qui il était et où il allait. »

Il manquait souvent l'école et restait chez lui, avec les notes dans sa tête, si le piano lui était interdit. Il savait qu'il était un grand musicien. Un jour, il fit entendre à Fulford le disque d'un grand interprète de Bach jouant une *Partita*, puis il se mit au piano, la rejoua et conclut que sa propre interprétation était de loin plus belle et plus juste.

Gould fit des études secondaires au Malvern Collegiate Institute de 1945 à 1951. Il échoua à l'examen de fin d'études secondaires par manque d'assiduité, car il s'était aménagé un horaire spécial lui permettant de continuer la musique en professionnel. Le collège semble avoir été une épreuve douloureuse. Il fallait être athlétique, courir les filles et réussir en mathématiques. Toutes choses auxquelles Gould se montrait bien inégal. Il ne faisait aucun sport et, quand un camarade, par moquerie ou distraction, lui lançait une balle de base-ball, il plaçait vivement les mains derrière son dos et la laissait tomber, puis s'éloignait sans un mot.

Je l'imagine adolescent, vaguement meurtri par la vulgarité de ses camarades, mais désireux d'être accepté d'eux dont il se distingue moins par le mépris qu'il leur porterait que par le fait que, contrairement à eux, il n'est pas mû par la curiosité, mais par le souci de la vérité. Sa recherche intellectuelle, sa candeur, qui n'est pas sans beauté, devant les jeux dont il est victime, sa vertu, tout le porte au-delà de la compagnie, vers cela qu'être en compagnie veut oublier : le vent aigre des Grands Lacs, annonçant l'hiver en plein été, ou l'inquiétude qui vient quand, marchant dans un sentier embourbé à l'automne, on regarde sa botte restée collée un instant à la terre, comme si la terre voulait la garder.

Ensuite, il chercha et trouva un peu partout, jusque sur le terrain de sport grillagé empli de hurlements, cette sorte d'endroit vide où il pouvait s'abandonner à la seule forme d'amour qu'il eût jamais connue : nouer et dénouer des pensées ardues, comme on tente de résoudre une longue et inutile équation dont l'inconnue serait zéro. Souvent, il ne faisait rien et suivait seulement sa pensée, étonné de voir que le vol bas d'une grue attardée au-dessus des ajoncs avait plus de précision et d'exactitude parfois qu'un contre-sujet dans une austère *Fantaisie* de Sweelinck.

Sa mère regardait certains jours avec effroi ce fils dont l'unique désir semblait de n'en avoir pas. Elle voyait un homme déjà, mais dont la seule résolution était de se débarrasser peu à peu des liens d'une vie adoucie, et de se préparer progressivement à un long voyage sans autre bagage que des notes, des formes, des rapports, de l'invisible. Il n'aimait pas vivre en ville et préférait le cottage, son silence, son aspect de petite chose accrochée au bout du monde, redisant le nulle part, comme la musique de Sibelius. Été comme hiver, il y répétait, seul, sur son piano Chickering, questionnant l'immense.

Au fond, il est, après son retrait de la scène,

comme il fut toujours : n'aimant rien tant que de parler de la chose imparlable, mais à la recherche d'interlocuteurs qu'il tolérât. Les exubérances l'épuisent, les démonstrations l'accablent. Il a cette tendresse inemployée de ceux qui, grandis par le renoncement, mais restés tout petits au-dedans d'eux-mêmes, sont forcés de dresser un mur entre les autres et eux.

Aussi préféra-t-il très tôt se confier à la *meditatio in scripturis*. Adolescent, il découvrit les livres de Nietzsche et de Thomas Mann. Le jour de la mort de Mann, le 12 août 1955, il interpréta à sa mémoire la *Sonate* opus 111 de Beethoven. Quant à Nietzsche, Gould ne fut pas surpris de rencontrer sous sa plume ce qui était de toujours sa conviction : « Sans la musique, la vie serait une erreur. » Mais, pour le reste, les études lui furent difficiles. Curieusement, lui aussi aura toute sa vie une mémoire des sons prodigieuse, il n'avait pendant ses études aucune facilité à retenir les poésies qu'on lui faisait apprendre. Le seul moyen était de les mettre en musique et de les chanter en s'accompagnant au piano.

Gould pianiste continua de pratiquer assidûment la méditation des choses écrites. Non qu'il fût prodigue en confidences sur ses lectures des textes saints. Mais on connaît sa dilection pour la lecture des grandes œuvres littéraires ou philosophiques, exceptionnelle chez un soliste (les musiciens généralement lisent fort peu), et surtout son approche interprétative se faisant texte en mains et non doigts sur les touches, en une lecture si méditée qu'elle le dispensait parfois d'aller au clavier.

Mais Gould écrivait, aussi. Il se moquait que ses enregistrements soient bien ou mal accueillis par la critique, mais il ne supportait pas la moindre attaque contre les textes qu'il écrivait. Si son génie se montra au clavier, et non sur la page, s'il ne fut pas ce qu'il rêvait d'être : un homme de mots pianiste à ses heures, cependant, ce qu'il écrivait sur la musique demeure une des rares tentatives théoriques émanant d'un interprète. Sans être à proprement parler des œuvres, les nombreux écrits qu'il laissa montrent la même tension interne, la même acuité exigeante, le même mélange de feu et de glace, d'ironie et de sensibilité que ses interprétations.

Plus étrange est son écriture non consacrée à la musique, qui demeura impubliée. Gould ne jouait jamais de piano ; presque jamais. Il le disait et il ne mentait pas. Mais il y avait cette chose qu'il faisait tous les jours, tout le temps, avec les doigts, la main, les yeux : il écrivait des pages et des pages. Des dizaines de milliers de pages où l'on trouve des considérations médicales, des fragments de récits, des sortes de fictions. Il avait confié à Bruno Monsaingeon qu'il arrêterait la musique complètement en 1985 et qu'alors il ne ferait plus qu'écrire.

Je vis un jour une partie de ces manuscrits, non classés, non déchiffrés et destinés sans doute à ne l'être jamais. Aucune écriture ne ressemble à celle-là : large, ample même, animée d'une intense énergie, mais les lettres emmêlées aux lettres, les mots aux mots, les phrases aux phrases. Comme si plusieurs mains avaient écrit ensemble, l'une sur l'autre. Une écriture comme seules les graphies de Steinberg peuvent en donner l'idée, qui envahit tout, qui voudrait se chiffrer elle-même et demeurer scellée, tandis que le geste hâtif prétend tout dire au papier. Quelques mots peuvent être lus, noyés dans un brouillard de signes noirs : *proper, oboe, darkness...* (propre, hautbois, obscurité...)

Je ne sais pourquoi, tenant ces pages, je repensai au *Doktor* fou du film de Fritz Lang, enfermé dans son asile et écrivant, écrivant sans trêve, page après page, sans souci d'être jamais lu, laissant aux autres le soin de ramasser chaque soir la jonchée de feuilles, pour en faire ce que bon leur semble – les jeter, probablement. Gould écrivait comme ça, à l'aveugle, comme s'il était alors dans le noir, ou dans le froid, la main crispée sur un geste qu'il eût voulu plus exact, plus rapide, la main comme seule chose vivante dans ce désastre de vivre qu'avec sa lucidité d'insomniaque il récusait ironiquement : « Qui, après tout, a dit que vivre serait une partie de plaisir ? »

La conception victorine de la méditation insiste sur la formule trinitaire (trois aspects, trois genres, trois formes) ce qui n'est pas sans rapports avec la référence ultime du christianisme. On la retrouve, structurant les *Variations Goldberg*, qui se répartissent en une triade introductive (*Aria* et variations 1 et 2), neuf triades composées de trois variations chacune (une en canon, la deuxième libre, la troisième de virtuosité) et une conclusion tripartite (dernière variation, *Quodlibet* et reprise de l'*Aria* initiale).

Le deuxième stade de la vie intérieure, après la méditation, est le *soliloquium* dans lequel l'« homme intérieur » creuse en lui-même. Être seul, c'est d'abord être seul en présence de soi, ce qui est loin d'être toujours plaisant, ou même tolérable. Pour Gould, le soliloque, c'est le travail de studio, les innombrables prises, le dialogue avec soi sur la forme, l'idée.

Le troisième stade est la *circumspectio*, regard tourné, pour s'en détourner, vers les biens sensuels, leurs séductions, le patient déliement des attachements mondains. C'est Gould quittant la scène, quittant les proches, se quittant, revêtant la cendre, ne sortant qu'à la nuit tombée dans sa Lincoln Continental noire, pressé d'en finir avec il ne savait quoi.

Le dernier stade est l'*ascensio*, l'élévation, qui a elle-même trois degrés : *ascensio in actu*, s'arracher par les actes, la confession, l'aumône, le mépris des biens, à l'ici-bas ; *ascensio in affectu*, ravalement des affections, vœu de n'être rien, pour personne ; et enfin, pour ceux qui y parviennent, *ascensio in intellectu*, qui consiste à connaître Dieu.

Le mystère du jeu de Gould tient à la qualité, la densité partout reconnaissable de son intonation.

(L'intonation est difficile à analyser; c'est, si l'on veut, ce qui fait que deux pianistes jouant les mêmes notes avec le même volume, et sur un même piano, produisent des sonorités différentes.) L'intonation de Gould tient de l'humble, de la chose dénuée, sans attaches, du bas; elle veut connaître Dieu. Ou la musique, appelez ça comme vous voulez. Gould s'en est approché, peut-être plus près que personne, dans son dernier enregistrement de l'*Aria* des *Variations Goldberg*.

3

On trouve sous la plume de Cicéron une phrase curieuse, attribuée à Caton qui répétait, paraît-il : « Jamais l'homme n'est plus actif que lorsqu'il ne fait rien, jamais moins seul que dans la solitude. »

Mais il y avait autre chose dans la solitude de Gould. Il avait retiré la plaque portant son nom de la porte de son appartement de Park Lane à Toronto. L'un de ses passe-temps était de rouler longtemps la nuit au volant de sa voiture, et d'entrer dans des bars ou des cafés le long des avenues désertes, pour écouter les paroles échangées par les dîneurs, ceux qui mangent vite, face à un mur souvent, noyés dans les néons. Il y avait chez lui du *Nighthawk*, ces esseulés blêmes de l'Amérique peints par Edward Hopper. Il pratiquait la pseudonymie avec délectation et le polylinguisme avec talent, dialoguant avec ses interlocuteurs fictifs en s'affublant à volonté d'un accent yiddish ou allemand, parlant l'argot ou ressuscitant l'anglais élisabéthain. Il aimait improviser Shakespeare (son rôle préféré était Richard II). Ses « *Dop-*

pelgänger exotiques », les plus familiers se nommaient Nigel Twilt-Thornwaite, edwardien antimoderniste, Duncan Haig-Guiness, fidèle Écossais, Karlheinz Kloplweisser, musicologue *made in Germany*, et Ted Slotz, chauffeur de taxi du Bronx. Au téléphone, il se faisait passer pour Pierre Boulez, Leonard Bernstein, le Premier ministre du Canada, le président de la Radio nationale, ou le propriétaire de votre appartement. Ou bien, à quatre heures du matin, il téléphonait à ses amis pour leur jouer neuf mesures d'une musique qu'ils devaient identifier.

Il mettait un soin émouvant à n'être pas aimé. Il y avait en lui de la ruse et de l'animalité : à la fois ours et montreur d'ours.

Se donner était pour lui se perdre, et séduire, se damner. Mais il savait que la passion de déplaire et le refus d'empaumer les crédules masquent souvent une ambition d'emprise sans mesure parce que sans facilités, et que le dépouillement peut être un secret ornement.

Bien sûr, comme tous ceux qui par méthode prennent en haine le moi et par sauvegarde prétendent commencer par anéantir le leur (Pessoa, Howard Hugues...), il a réussi à fomenter dans le public plus de curiosité concernant sa personne et sa psychologie – les travers et les excentricités étant malicieusement entretenus par leur dénégation même – que ceux qui ne prétendent pas à un si splendide anonymat et s'accommodent de leur âme sans la mortifier en public. Captiver les parterres lui faisait horreur, mais il savait l'art de se taire pour être mieux écouté, comme les femmes s'habillent pour être nues.

Gould avait choisi la solitude comme une sœur d'élection dont on attend le secours, le salut peut-être. Elle lui était méthode esthétique. On pourrait multiplier les citations : « Un artiste ne peut vraiment travailler que dans la solitude, dans un environnement tel que sa connaissance du monde extérieur soit contrôlée en permanence, sans que l'unité indivisible de l'idée et de sa réalisation puisse être brisée par une irruption étrangère. » Ou encore : « Je ne sais pas quelle serait la bonne proportion, mais j'ai toujours eu une sorte d'intuition selon laquelle pour chaque heure passée en compagnie d'un autre être humain, on a besoin d'x heures seul. Mais ce que cet x représente, je n'en sais vraiment rien, peut-être 2 et 7 huitièmes, ou 7 et 2 huitièmes, mais c'est une proportion substantielle. La radio en tout cas est un moyen de communication qui m'est très proche depuis l'enfance, que j'écoute presque sans interruption. Pour moi, c'est un papier mural. Je dors avec la radio; je suis incapable de dormir sans depuis que j'ai renoncé au Nembutal. » (La radio, métaphore de la solitude, présente bien des avantages. On la branche et l'arrête quand on veut, ce n'est pas comme ces autres qui manquent quand on les veut et sont là quand on s'en passerait.)

Gould avait quatre ans en 1936, lorsque fut créée la Canadian Broadcasting Corporation/Société Radio

Canada, et la radio, que la famille écoutait beaucoup tout au long de son enfance, retransmettait le plus souvent des œuvres de Wagner ou de Richard Strauss, compositeurs auxquel il restera attaché. Tradition commune avec l'Angleterre, Sibelius tenait une place importante dans les programmes. Le samedi, étaient retransmises les représentations du Metropolitan Opera de New York, et, le dimanche, les concerts du New York Philharmonic.

La radio, c'était le dimanche, en rentrant avec ses parents en voiture de leur cottage d'Uptergrove, au bord du lac Simcoe, situé à cent quarante kilomètres au nord de Toronto. La radio était toujours branchée, et on écoutait le concert. À quatre heures de l'après-midi, il faisait presque nuit, mais, à cette latitude, la lumière restait indécise longtemps après la tombée du jour. Les lacs gelés, l'horizon sans fin nu, le gris et le blanc des talus enneigés, et puis, quand on s'arrêtait au bord de la route entre deux congères, le miracle d'une tache d'huile irisée dans un bloc de neige sale. Beethoven ne sonnait jamais aussi bien, se souviendra Gould.

Un jour, il tomba sur une retransmission de *Tristan et Isolde.* Il avait quinze ans. Il pleura. Bien plus tard, à quarante et un ans, il écrira, avec l'autodérision qui lui est propre : « Aujourd'hui, inutile de le préciser, mes canaux lacrymaux manquent de pratique. Les interdits psychologiquement fâcheux et médicalement malsains qui gouvernent les types de comportement émotionnels respectables et approuvés du mâle occidental ont pris soin qu'il en soit bien ainsi. Et pourtant, moyennant une dure journée, une heure tardive de la nuit et un épisode ou deux de la *Mort d'Isolde*, voilà le grand frisson qui me remonte le long de la colonne vertébrale, et voilà que ma gorge se noue, assaillie par quelque chose qu'aucune autre musique, à l'exception des *Hymnes* d'Orlando Gibbons, ne saurait solliciter avec autant d'intensité et de prévisibilité. »

Autre chose lui parvint par la radio : la guerre. Gould écoutait tout ce qui se passait en Europe, en Asie. C'est par les sons, sans images, que l'horreur lui parvenait. Toute sa vie, il demeura un pacifiste convaincu. Il composa en 1981 la musique d'un film canadien inspiré des horreurs de la Première Guerre mondiale, *The Wars*.

Toute son enfance, on le disait sage. Il était toujours sur ses gardes, veillant.

C'est le 24 décembre 1950, à l'âge de dix-huit ans, que Gould avait donné son premier récital radiodiffusé : La *Sonate* en *si* bémol majeur K. 281 de Mozart, et la *Sonate* n° 3 de Hindemith. Ce fut là que commença son amour du microphone, des consoles des bandes magnétiques. À vingt ans, il avait déjà enregistré sept ou huit concerts radiodiffusés. Il enregistra pour la C.B.C. un total de dix-sept émissions radiophoniques. La première date de 1962 et concerne « Arnold Schönberg, l'homme qui changea la musique »; la dernière, de 1979, est consacrée à « Richard Strauss, le héros bourgeois ».

Dans les années soixante, alors que la radio, contrairement à la situation des États-Unis, était encore au Canada un moyen de communication très vivant et écouté, Gould décida de faire des documentaires radiophoniques pour la C.B.C. En 1967, il entreprit un programme expérimental. Sous le titre « L'Idée du Nord », il créa sa première expérience de « radio contrapuntique », mêlant les propos de personnes qui ne se connaissaient pas mais avaient en commun leur expérience du Nord. Le montage donne à leur échange l'apparence d'un dialogue dramatique, avec des répliques, des scènes, des péripéties. Non sans appréhension, la radio décida de diffuser l'émission le 28 décembre 1967. Ce fut un succès. Les deux autres programmes que Gould regroupa avec ce premier sous le titre général « Trilogie de la solitude » furent entrepris en 1969 et 1971. Au total, le cycle demanda quatre ans de travail.

« La radio n'est pas utilisée comme elle devrait l'être », déclara-t-il en 1968 à John McClure. Les informations, les reportages, la météo, le contenu, tout cela importait moins que « le mystère très pur de la voix humaine ». De la voix parlant – peu importe ce qu'elle dit, ni comment elle le dit, ni si ce qu'elle dit est vrai ou non. De la voix qui vous parvient comme une vague – on disait : « les ondes » –, à travers l'espace, mais semble venir d'un autre temps.

La solitude, Gould n'a pas commencé de la goûter après son retrait de la scène : « Pour autant que je m'en souvienne, j'ai toujours passé l'essentiel de mon temps seul. Ce n'est pas que je sois asocial, mais il me semble que si un artiste veut utiliser son cerveau à un travail de créateur, ce qu'on appelle autodiscipline – et qui n'est rien d'autre qu'une façon de se retrancher de la société – est absolument indispensable. Tout artiste créateur qui entend produire une œuvre digne d'intérêt ne peut faire autrement que d'être un être social relativement médiocre. »

Gould n'est d'ailleurs pas le seul pianiste à avoir fui la scène pour s'adonner à d'autres activités parfois fort éloignées du jeu du piano. Josef Hofmann démontait et remontait toute la journée des pendules et autres mécaniques de précision, Eduard Erdmann faisait de la bicyclette et regardait le ciel, n'approchant un instrument qu'en dernière ressource financière.

J'aime à voir en Gould un de ces êtres entièrement détournés du monde et du moi. La musique n'était pour lui ni une démonstration de la *virtus* (virtuosité) du soliste, ni la complaisante exhibition d'une pratique de soi. Quand il parlait de Bach, disant qu'un sentiment de retrait envahit son œuvre, c'est aussi de lui-même qu'il parlait, retiré des soucis pragmatiques inhérents à l'interprétation pianistique, et « se tenant tout entier dans un monde idéalisé d'intransigeante invention ».

Il disait aussi qu'il était en quête de l'anonymat, vœu conséquent à l'esprit de détachement et rédemption du musicien qu'il jugeait damné dans la figure romantique du soliste solipsiste. Il opposait les formes musicales « napoléonistiques » induisant chez l'interprète une attitude de démiurge arrogant (la forme sonate, la symphonie et le concerto) incarnées par exemple dans le second Beethoven, et les formes contrapuntiques, chez Bach surtout, dans lesquelles il atteignait délicieusement « la confusion d'identité entre compositeur et interprète », tous deux comme disparaissant dans la musique. Les premières témoignent d'une « attitude de héros, de général commandant et assemblant tous les thèmes, les secondes, d'une sorte d'acquiescement mystique devant l'inévitable ».

Et pourtant, il avouait avec malice ce rêve : « Je me trouve sur une autre planète, parfois même dans un autre système solaire, et il semble que j'en sois le seul habitant. J'ai la sensation d'une extraordinaire allégresse car la possibilité m'est donnée – et l'autorité – d'imposer mon propre système de valeurs à toute forme de vie qui pourrait exister sur cette planète ; j'ai le sentiment que je peux créer un système de valeurs complet et planétaire à ma propre image. »

Retourner à l'artiste anonyme, obscur, revenir sur cent cinquante ans de virtuosisme, opposer la figure du solitaire à celle du soliste, si l'on veut, c'était pour lui se placer dans la musique d'avant le romantisme, par un choix esthétique sans lequel il pensait ne pas pouvoir survivre, au moins en tant qu'artiste.

Il est vrai qu'il est un ordre de vérités qui ne s'atteint que par la mort du moi ; mais, parfois, Gould abusait de son talent d'être absent. (Pourtant terriblement présent, d'une autre présence que celle de la personne.) Nous sommes dans l'ombre portée de sa vie et risquons d'évaluer sa vertu musicale d'après les masques successifs que lui ont attribués le temps et la renommée. Gould, sous le nom duquel Thomas Bernhard a donné un portrait de pianiste aussi peu ressemblant que possible, n'était décidément pas « la merveille des merveilles du piano », ni « un homme heureux », encore moins « un virtuose-né ».

4

Ce soir-là de janvier 1957, pour ses débuts avec orchestre à New York, Gould devait jouer le *Second Concerto* de Beethoven avec le New York Philharmonic dirigé par Leonard Bernstein. Le *Concerto* était prévu pour 9 h 30, et le pianiste ne voulait pas entendre la première partie du concert où il n'apparaissait pas. (« Avant Bach, je peux écouter Strauss, Franck, Sibelius, ou le juke-box, n'importe quoi. Mais rien avant Beethoven. Je dois m'envelopper dans une sorte de cocon avant de le jouer. ») Après avoir dormi tout l'après-midi, il se leva à 7 h 30 et, sans quitter sa chambre, se mit à jouer deux fois le *Concerto.* D'une étrange façon. Il retira les deux paires de gants qu'il ne quittait presque jamais, et, bien qu'il y eût un piano dans la pièce, il joua du bout des doigts dans le vide, arpentant la chambre, conduisant l'orchestre du menton et chantant les deux parties à tue-tête. Vers 8 h 30, il commença le rite de l'immersion dans l'eau chaude des bras et des mains qui dura près d'une heure.

Il arriva à Carnegie Hall deux minutes avant de jouer, vêtu comme pour une expédition polaire. Sous trois ou quatre couches de fourrures ou de vêtements, il portait un habit trop grand, et en dessous, un informe tricot à grosses mailles. « Vous n'allez pas retirer ce pull en public », lui dit Bernstein effaré d'une telle entorse au rituel vestimentaire des concerts publics. Gould, sans répondre, ôta le pull en ébouriffant ses cheveux déjà passablement emmêlés et qui maintenant retombaient sur son visage. Sans demander un peigne, ni même les rejeter en arrière d'un geste de la main, il se dirigea vers la scène. « Quand il passa devant moi, il ressemblait à un vieux chien de berger, se souvint un des violonistes du dernier rang. J'ai même eu envie de me lever et de le conduire au piano. Je ne sais pas comment il a bien pu le trouver. »

Gould joua le premier mouvement assis presque de biais, le dos à demi tourné vers le public et les jambes croisées. Puis dans le mouvement lent, il laissa voir un ravissement absolu, bouche bée, les yeux aux cintres. Pendant presque tout le finale, il était presque couché à la renverse, la tête si loin qu'il semblait regarder ses mains comme si elles ne lui appartenaient pas.

Le premier concert où Gould se produisit en soliste avec orchestre eut lieu au Massey Hall de Toronto le 8 mai 1946, sous l'égide du Royal Conservatory et avec l'orchestre des élèves. Il devait jouer le *Quatrième Concerto* pour piano de Beethoven. En fait de répétitions, Gould passa peu de temps au clavier. Depuis deux ans, il écoutait tous les jours les huit faces de 78 tours, sous la marque R.C.A., de l'enregistrement fait par Schnabel et l'Orchestre symphonique de Chicago dirigé par Frederick Stock. Il en connaissait la moindre inflexion de tempo, la plus imperceptible nuance de rhétorique, mais, pour ne pas mécontenter son professeur par la trace trop manifeste de cette mémoire interprétative, il affecta aux répétitions une allure animée et vigoureuse à la Serkin, atténuée d'un rien d'élan distingué à la Casadesus. Le soir du concert, alors qu'il avait plu tout le jour, le soleil perça brièvement, donnant au ciel une couleur orange écharpée de brume. « L'occasion, dira Gould, disposait bien plutôt à une inspiration intimiste, à dire quelque chose de vraiment personnel, à saisir l'instant et à le faire sien. » Trois rappels. Un seul petit signe de tête, bien raide, à l'assemblée.

Les critiques comparèrent, évoquèrent Schnabel, de Pachmann. Gould rejoua le *Concerto* le 14 janvier suivant, avec le Toronto Symphony Orchestra dirigé par Bernard Heinze, chef d'orchestre australien. Cette fois, la critique de *Globe and Mail* estima que tout irait mieux si le jeune homme « apprenait à supprimer cette gesticulation gênante pendant que ses collègues de l'orchestre jouent ». Celui du *Telegram* le vit « enfant parmi les maîtres » et « complètement oublieux de soi ». Gould semble avoir tôt choisi sa voie : jouer le plus loin possible de soi.

À quatorze ans, il donna aussi son premier récital.

C'était un concert d'élèves au Royal Conservatory : quelques fugues, du Haydn, du Beethoven, du Mendelssohn, et pour la première et la dernière fois en public, du Liszt. En 1959, il confiera à Vincent Tovell : « C'était véritablement un jeu... En ce temps-là, on était grâce à Dieu ignorant de sa responsabilité. Si seulement je pouvais encore ressentir une chose pareille. Maintenant, ce n'est plus qu'à coups de sédatifs. »

Enfin, le premier récital public eut lieu à l'Eaton Auditorium, le 20 octobre 1947. « Le nez au ras des touches, on aurait dit un vieil homme plongé dans une orgie musicale », dira curieusement un critique. À vingt ans, Gould avait déjà donné avec le Toronto Symphony quatre ou cinq concerts, ainsi que deux avec l'Orchestre du Royal Conservatory, un avec l'Orchestre de Hamilton, un avec celui de l'Ontario, et un avec celui de Colombie britannique, à Vancouver. Plus tard, il confiera à Elyse Mach qu'adolescent et jeune homme, il éprouvait tout de même un certain sens du pouvoir quand il entrait en scène, spécialement pour jouer un concerto.

En janvier 1955, Gould était déjà une vedette au Canada, connu par ses concerts et ses émissions de radio. Il avait, le 8 septembre 1952, été le premier pianiste à donner un concert télévisé au Canada. Le prochain pas le portait inévitablement aux États-Unis. C'est du moins ce qu'estimait celui qui fut son impresario de 1947 à 1967, Walter Homburger.

Sa première américaine eut lieu à Washington, à la Philips Gallery, l'après-midi du 2 janvier 1955. Gould avait vingt-deux ans. Il défia les traditions, interprétant la *Sonate* de Berg, pour la première fois aux États-Unis, et, deux fois, les *Variations* de Webern opus 27, œuvre alors peu connue, qu'il avait accompagnée d'une présentation pédagogique. On en possède un enregistrement fait en public à Moscou le 12 mai 1957.

Il avait, dès ce « début », fait le choix auquel il se tint ensuite avec constance : ne jouer en concert que des œuvres qu'il prenait plaisir à jouer, ne pas céder aux attentes du public en mal de passages d'octaves virtuoses. Outre les *Variations* et la *Sonate* de Berg, figuraient au programme la *Partita* en *sol* majeur, cinq des *Inventions à trois voix* de Bach, une *Pavane* de Gibbons, une *Fantaisie* de Sweelinck, et la *Sonate* en *mi* majeur opus 109 de Beethoven.

Le 11 janvier au soir, ce furent les débuts à New York, au Town Hall. Le critique du *New York Times* écrivit de cette apparition : « L'aspect le plus remarquable du jeu de M. Gould est qu'il vous laisse en état d'entendre la musique. » Celui du *Musical Courier* le décrivit « habité par le sentiment d'un autre monde ». Le lendemain, il signait son premier contrat discographique avec la firme Columbia Records. Au cours du reste de sa vie, il enregistra plus de quatre-vingts disques.

Il rentra à Toronto aussitôt après ces concerts, accompagné de son père qui l'avait assisté, de son impresario serrant le précieux contrat dans sa main et de sa petite chaise pliante qui désormais le suivrait partout et ferait partie de sa légende.

Le premier enregistrement de Columbia fut celui des *Variations Goldberg* de Bach, dans les studios de la C.B.S., à New York, en juin 1955. Un communiqué de presse de la firme donna les premiers éléments du portrait de l'artiste en fou gentil qui traversa toutes les époques de la vie du pianiste, légende tenace faite d'éléments vrais, et qu'il entretint pour masquer ce qui se trouvait au-delà et qu'il entendait préserver : la solitude, l'extase d'un art partagé entre misère et miracle.

On lit dans ce communiqué : « Les ingénieurs et techniciens, âmes bien trempées pourtant, furent frappés de stupeur par l'arrivée du jeune pianiste escorté de son " équipement d'enregistrement " pour les premières séances à la Columbia... C'était par un jour de juin d'une extrême douceur, mais Gould arriva en pardessus, casquette, écharpe et gants. L'" équipement " comprenait naturellement le traditionnel cartable à musique, mais aussi une pile de serviettes de toilette, deux grandes bouteilles d'eau de source, cinq petits flacons de pilules (toutes de couleurs et de prescriptions différentes), et sa chaise, très spéciale et très personnelle.

« Les serviettes, s'avéra-t-il, étaient nécessaires en quantité parce que Glenn trempe ses mains et ses bras jusqu'au coude dans l'eau chaude pendant vingt minutes avant de se mettre au piano – une procédure qui devint rapidement un rituel de groupe plein de bonne humeur ; tout le monde faisant cercle autour de lui, bavardant, plaisantant, parlant musique, littérature, etc., tout le temps que durait le « trempage ». L'eau de source en bouteille était nécessaire parce que Glenn ne peut souffrir l'eau des robinets new-yorkais. Les pilules étaient là pour nombre de raisons – maux de tête, décontraction, bonne circulation... L'ingénieur préposé à l'air conditionné travailla aussi dur que celui qui se tenait à la console d'enregistrement : Glenn est particulièrement sensible à la moindre variation de température, de telle sorte qu'il fallait constamment réajuster le système d'air conditionné du vaste studio. »

Quelques mois passèrent, au cours desquels Gould reprit le chemin des concerts, puis il enregistra son deuxième disque : les trois dernières *Sonates* de Beethoven (opus 109, 110 et 111). Il avait commencé sa carrière discographique par les œuvres que les autres pianistes n'abordent qu'au soir de leur art.

En mars 1956, Gould donna son premier concert avec orchestre aux États-Unis. Il joua le *Quatrième Concerto* de Beethoven avec Paul Paray dirigeant le Detroit Symphony.

Le 3 mai 1957, il partit avec son impresario pour une première tournée européenne. Elle débuta par deux semaines de concerts en Union soviétique : quatre à Moscou et quatre à Leningrad. Le premier eut lieu à Moscou le 7 mai. Gould joua quatre fugues de *L'Art de la fugue* et l'ensemble des *Inventions à trois voix* de Bach, la *Sonate* opus 109 de Beethoven et la *Sonate* opus 1 de Berg. La presse américaine le présenta comme une sorte d'ambassadeur culturel dans un temps de « dégel ». Il était le premier pianiste nord-américain et le premier musicien canadien à se rendre en U.R.S.S. Lui se considérait plutôt comme le représentant et le prosélyte de la musique de la seconde École de Vienne, jusqu'alors prohibée en Union soviétique, et que les officiels de l'Académie de musique saluèrent en quittant ostensiblement la salle pour marquer leur désapprobation. Le public lui fit un accueil enthousiaste.

Le pays suivant était l'Allemagne où Gould fit ses débuts à la Philharmonie de Berlin, sous la direction d'Herbert von Karajan, avec au programme le *Troisième Concerto* de Beethoven. A la suite de cette apparition, H.H. Stuckenschmidt, musicologue de renom et compositeur berlinois, parla de Gould comme d'un absolu génie, « le plus grand pianiste depuis Busoni ». Rentré au Canada, il montra la coupure de presse à des amis, soulignant fièrement que Busoni était mort en 1924. Il y a, il est vrai, une certaine parenté entre les deux styles d'interprétation. Busoni appelait l'interprète à « se dissoudre », et défendait sa conception du « jeune classicisme » comme une « renonciation à la subjectivité ». Il tenait le *staccato* ou d'autres degrés de *non legato* pour l'articulation fondamentale du jeu du piano. Il parlait de « désindividualisation des timbres musicaux », rêvait d'une « dématérialisation de la musique ». Tous traits que l'on retrouve systématisés chez Gould.

En juin, ce fut Vienne, et un récital. Gould rentra au Canada fin juin, après dix concerts et un succès mémorable. Pendant un an, il enregistra de nombreux disques, et donna plusieurs concerts, dont un avec l'Orchestre de Philadelphie et Eugène Ormandy dirigeant le *Quatrième Concerto* de Beethoven, en mai 1958. En août de la même année, une seconde tournée européenne le mena à Salzbourg, où il joua le *Concerto* en *ré* mineur de Bach, sous la direction de Dimitri Mitropoulos, mais annula le récital qu'il devait donner trois jours après. Cette tournée le conduisit en Allemagne, en Italie, en Belgique et en Suède où il donna à Stockholm un récital magnifique, comprenant entre autres la *Sonate* opus 110 de Beethoven.

En février 1959, à Londres, il reçut le prix Bach du Harriet Cohen Music Awards. Il y retourna en mai et juin et joua au Royal Festival Hall les *Concertos* de Beethoven, avec le London Symphony Orchestra dirigé par Josef Krips, à l'exception du *Cinquième*, pour lequel Gould, malade, dut être remplacé par Louis Kentner. Harold Rutland, du *Musical Times*, s'il jugea détestables les manières de scène de Gould, admira l'« extrême clarté technique et l'équilibre des voix ». « Gould, ajoute-t-il, savait exactement comment il voulait jouer ce concerto, et c'était exactement comme cela qu'il le jouait. En outre, on voyait clairement qu'il avait, à un degré inhabituel, pensé la partie de solo en fonction de la texture de l'ensemble ; il écoutait avec la plus extrême attention l'orchestre. »

Au cours de ses années de concertiste, Gould joua le jeu jusqu'à ses conséquences extrêmes. Il accepta de se produire partout où on le lui demandait, comme pour voir jusqu'où cela pouvait aller. Ainsi, on le vit un jour à Westchester, banlieue résidentielle de l'État de New York, jouant avec un orchestre local le *Cinquième Concerto* de Beethoven. Le chef était si mauvais que Gould, la partition en main et dans une position à moitié allongée, décida de diriger l'orchestre quand sa partie de piano le permettait. Les musiciens, jusqu'alors égarés par la direction du chef qui continuait imperturbablement à mouvoir ses bras dans l'air, attendirent du pianiste les entrées et les indications de phrasés.

Pendant les neuf années que dura sa carrière de virtuose – le mot n'est pas excessif : que l'on écoute sa version de la *Burlesque* de Strauss ! –, il fit ce qu'on attendait de lui, voyageant beaucoup, enregistrant plus encore, donnant de nombreux concerts. (Mais il passa deux fois plus de temps, le reste de sa vie, à écrire, et à explorer la technologie.) « Ces années de concerts, dira-t-il à John McClure en 1968, sont des années mortes, hideuses, traumatisantes, déplaisantes. » Il les avait vécues en se disant qu'il fallait en passer par là pour s'assurer une audience pour les disques qu'il enregistrait. Il tenait bon, en comptant les mois, les soirées qui restaient à faire jusqu'à ce qu'il puisse arrêter définitivement. Ce qu'il détestait, ce n'était pas la peur, le trac, mais ce mélange d'excitation – le pouls lui battait très vite – et d'indifférence. Pendant ses longues tournées européennes, il se sentait misérable.

Recommencer, comme on le lui proposait si souvent ? « Ce serait régresser. Toute une vie, un soir à Poughkeespie, l'autre à Nayak, avec pour seul changement le *Troisième* au lieu du *Quatrième* de Beethoven. » Libéré des concerts, il voyait plus vaste le champ de la musique, et plus nombreuses les œuvres sollicitant son écoute et son analyse. « Excepté quelques octogénaires, je suis réellement le premier – mis à part ceux qui souffrent de dépression nerveuse ou d'une maladie organique – à avoir abandonné la scène », dira-t-il. Peut-être ne fallait-il pas du courage pour ce faire, mais simplement de la peur, une peur profonde de voir la musique disparaître sous les signes de la musique.

Alors qu'il prétend mettre la musique au présent, le concert, selon Gould, éloigne l'auditeur de ce qu'il entend. Quand il jouait en concert, il avait souvent l'impression de devoir combattre pour arriver à se rapprocher de ses interprétations faites au disque ou à la télévision. Comme si ce qu'on croit être le plus vivant – *live*, disent les pochettes de disques pris sur le vif –, le plus direct, était en fait une ombre morte à la recherche de la lumineuse beauté des studios. Beauté de coupures, de mixage, de prises multiples. Beauté du maquillage, aurait dit Baudelaire. Plus crûment, Gould souhaitait une beauté excentrique, une clinique, une dissection.

Mais, ne nous y trompons pas, ses objections ultimes au concert étaient d'ordre moral : « La musique, pour l'auditeur comme pour l'interprète, doit amener à la contemplation, et on ne peut pas s'y livrer avec 2 999 autres âmes autour de soi. »

Tout au long de ces années de tournées et de concerts, entrecoupées de maladies et d'hypocondrie l'amenant à annuler plus de représentations qu'il n'en assurait, Gould avait tenté d'oublier le message qu'il s'était adressé à lui-même à la fin de l'adolescence, se cloîtrant sur les bords du lac Simcoe, et prédisant qu'un jour il arrêterait tout : ce cirque, cette fatigue du paraître. L'adolescent l'avait rattrapé, le soir de son concert de Chicago, lui posant tendrement la main sur l'épaule : « C'est l'heure, rentrons. »

5

Gould jouait de la maladie comme du piano : un moyen de s'atteindre dans la solitude. Par une sorte d'usage proustien des maux, il voyait dans le retrait qu'elle impose une ressource créatrice, une chance spirituelle. Est-il immobilisé en janvier 1959 à Hambourg, au *Vier Jahreszeiten Hotel,* au cours d'une tournée, par un mal de reins pendant un mois, il considère que c'est là le plus beau mois de sa vie, « le plus important parce que le plus solitaire ». Il y a trouvé « une sorte d'exaltation – j'hésite à employer le terme, mais c'est le seul qui convienne réellement à cette espèce particulière d'isolement. C'est une expérience que la plupart des gens ne se permettent pas de connaître ». Il savait pourtant aussi que sa solitude farouche avait quelque chose de malade, et tenait secrètement de ce péché d'acédie qui guettait les ermites : « Le studio d'enregistrement et la sécurité matricielle qu'il offre sont très en accord avec mon style de vie. Je suppose que ce serait une part de mon fantasme que de développer jusqu'aux limites extrêmes une sorte de vie secrète à la Howard Hugues. » Il ne touchait jamais les journaux. Il voulait vivre en altitude pour ne pas avoir le cancer. Il prenait lui-même sa tension, s'administrait lui-même des médications innombrables. Il entreprenait ou non telle ou telle chose parce que ses vibrations lui dictaient que c'était le moment. Quand il allait au zoo, il chantait du Mahler pour les ours et les éléphants. Il disait qu'il ne prenait que les avions des lignes israéliennes, parce que, possédant peu d'appareils, la compagnie devait les entretenir mieux. Ensuite il ne prit plus aucun avion, d'aucune compagnie. Il aimait les structures. Il aimait les luxueuses voitures américaines. D'autres semblent jouer la musique en se demandant : comment ? Lui la jouait en se demandant : pourquoi ? Il allait au-devant des douleurs comme on invente des sources. Il cultivait la méprise comme se déguisent les enfants. Il se voulait possédé par son âme jusqu'à oublier qu'il avait un corps. Peu avant sa mort, il refusa 100 000 dollars pour jouer à Carnegie Hall. Il croyait en la télépathie et interprétait les nombres, les coïncidences. Il avalait des pilules pour être haut, d'autres pour être bas. Il prenait la nuit pour le jour et se mettait au piano quand tout le monde va au lit. On pourrait le peindre en ascète, ou sous le froc de l'ermite, mais il savait aussi détecter dans la cotation boursière les titres prometteurs de plus-values et allait apprécier dans le Nord l'état des investissements de quelques mines d'or dont il détenait des actions. Il déclara un jour que la seule raison de ces neuf années dégradantes passées sur les estrades était qu'il avait trouvé là le moyen le plus aisé de gagner de l'argent, et qu'il n'était pas immunisé contre ce désir-là. Il y avait trois personnes à qui il téléphonait tous les jours : sa cousine, Jessie, Ray Roberts, l'homme qui s'occupait pour lui de tous les aspects matériels de l'existence, courses, règlements des factures et des démarches, etc., et son agent de change. Robert Silverman, éditeur du *Piano Quarterly*, rapporte qu'une part substantielle de ses dernières années fut centrée sur l'argent ; que l'argent était pour lui d'une importance particulière. S'il aimait tant la Bourse, ce n'était pas pour posséder l'argent, mais parce que l'argent, cette chose intouchable, répugnante, représente aussi l'abstraction des abstractions, l'insaisissable, l'immatériel. D'ailleurs si l'argent l'avait intéressé pour autre chose que lui-même, pour les biens qu'il offre, il aurait fallu être en mesure de le dépenser, et pour cela, sortir, vivre. Il ne voulait pas non plus accumuler : il légua tous ses biens à l'Armée du salut et à la Société protectrice des animaux. Il était généreux. Il savait aider les gens, professionnellement, moralement et financièrement : rencontre-t-il à Lucerne une vieille claveciniste qui s'entiche de lui, il lui écrit une dizaine de lettres, tente de lui organiser des concerts au Canada, s'inquiète des difficultés matérielles qu'elle traverse. Simplement, l'argent l'intéressait comme une forme pouvant prendre des figures particulièrement subtiles, entrer dans des combinaisons, comme les pièces d'un jeu d'échecs, ou les notes de musique. Quelque chose avec quoi on joue, et non quelque chose dont on jouit. Ses vêtements flottaient autour de lui. Il ne portait presque jamais de chaussures. Sa mère semble avoir été très anxieuse et s'être follement préoccupée de sa santé. Le chaud, le froid, tout lui paraissait source de possible maladie, de danger. Il lui fallait veiller sans cesse à ce que la mort ne vienne pas lui prendre cet enfant tard venu dans la vie du couple. Dans un entretien donné au *Herald Tribune* le 8 février 1959, Gould déclarait qu'il avait absolument horreur d'attraper froid et que c'était pour cela qu'il n'allait presque plus au concert, dans ces salles remplies de courants d'air. Il détestait l'air conditionné et pouvait quitter un restaurant – quand il les fréquentait encore – s'il en était équipé. Il n'a survécu que sept ans à sa mère. Pendant les concertos, il lui arrivait de boire un verre d'eau ou de feuilleter un magazine entre les mouvements ou pendant les *tutti* de l'orchestre. Il se déchaussait souvent pour jouer du piano, ou bien il enfilait des mitaines laissant passer le bout des doigts. Il jouait de la harpe dans un orphéon local. Enfant, il se faisait rouer de coups à l'école. Quand on ne le regardait pas, il moulinait de grands gestes, dirigeant quelque symphonie intérieure. Il avait un bateau nommé *Arnold Schönberg.* Il faudrait parler de ferveur. Il ne dormait presque pas. Il ne se baignait pas sans gants. Il ne voulait rien prendre avec les mains. Surtout pas la main de l'autre. Lors d'un cocktail donné par le Woman's Committee de l'Orchestre de

Cleveland, en novembre 1959, on le vit garder toute la soirée, serrée au creux de sa main droite, une tasse de café – vide, bien sûr – tout en se montrant souriant et disert. Une autre fois, il poursuivit en justice quelqu'un qu'il accusait de lui avoir serré trop fort la main. Parfois, il tendait la main et la retirait au moment où l'autre allait s'en saisir. La pianiste Tatiana Nikolaeva raconte que, lors des concerts qu'il donna à Moscou en 1957, elle lui fut présentée. « Alors, dit-elle, on fit des photos de notre poignée de main, et, en les revoyant, je me suis souvenue qu'il devait faire très froid et que Gould devait être malade, car il avait gardé ses gants. » Il était gaucher, et n'aimait pas le côté « musique pour la main droite » de beaucoup d'œuvres pour piano, de Mozart aux romantiques, dans lesquelles la main gauche « accompagne » le chant par quelques harmonisations prévisibles. Il voulait qu'il y eût un lien interne, organique, entre les deux mains également importantes, entre les voix qu'elles font cheminer, chacune agissant sur l'autre, la déterminant. Un jour de l'été de 1939, un voisin l'emmena avec ses enfants pour une partie de pêche sur le lac. Glenn fut le premier à prendre un poisson, une petite perche. Quand il l'eut au bout de sa ligne, accrochée et frétillante, il n'y tint pas et voulut la rejeter dans le lac. Il fit tant de désordre sur le bateau que celui-ci manqua chavirer. L'homme le repoussa violemment au fond de la barque. Un instant, Glenn s'était vécu poisson, mourant, asphyxié, déchiré. Il n'y avait plus de distance. Il entreprit alors de détourner définitivement son père de la pêche. Cela prit dix ans, mais il y parvint. Adulte, célèbre, il lui arrivait encore d'écumer le lac Simcoe sur son hors-bord vrombissant pour épouvanter les poissons et les pêcheurs qui, debout sur leurs barques en maillots de bain, agonissaient d'injures l'homme en pardessus, bonnet et cache-nez, qui les narguait en hurlant d'incompréhensibles chants. Gould eut beaucoup d'animaux : des poissons rouges auxquels il donna des noms de musiciens : Bach, Beethoven, Chopin, Haydn, des chiens, des lapins, des tortues et même un putois non désodorisé. Mais pourquoi sont-ce des images d'animaux qui viennent à l'esprit quand on le regarde jouer : un élan sorti du bois, un ours au pas exact et doux, un hibou que le jour offusque ? On voudrait au sublime des ailes, et on voit cet homme accroupi lançant ses notes dans le vide comme une araignée ses fils. Il pensait que la visée de l'art n'était pas le déclenchement d'une sécrétion momentanée d'adrénaline, mais la construction progressive, sur la durée d'une vie entière, d'un état d'émerveillement et de sérénité. Il avait formé, en 1962, à l'époque où il jouait encore en concert, un « Plan Gould pour l'Abolition des Applaudissements et des Manifestations de Toute Espèce ». Il disait que sa chaise faisait partie de sa famille et était un compagnon plus proche que Bach. Il échangeait avec les fils de ses collègues musiciens d'anciens numéros de *Mad*. Il aurait voulu être présentateur des informations télévisées. Il détestait la musique rock, car la bêtise le rendait bête : il ne la comprenait pas. Il n'avait pas en haute opinion le *Concerto pour violon* de Beethoven, ni sa *Sonate appassionata,* ni sa *Cinquième Symphonie,* que pourtant il enregistra, au piano, il est vrai, et dans la transcription de Liszt. Quant à la *Symphonie pastorale,* elle le révulsait littéralement. Il en enregistra le premier mouvement, avec un brio extatique. Il disait des *Concertos pour piano* de Mozart qu'il y prenait beaucoup de plaisir à faire courir les doigts sur les touches en exploitant à fond gammes et arpèges, et qu'ils offraient la même sorte de plaisir tactile que Saint-Saëns. Et quand Bruno Monsaingeon lui objectait qu'il préférerait ignorer un propos aussi provocant, Gould implorait : « Oh! non. J'admire Saint-Saëns, surtout quand il n'écrit pas pour le piano. » En fait, il pensait que Mozart était mort, non pas trop jeune, mais trop vieux. Écouter Barbra Streisand descendre les deux gammes de la chanson *A child is born* lui était comme une capture, le laissait sans mots. Il haïssait les villes, mais vécut l'essentiel de sa vie entre Toronto et New York. Il rêvait de passer un hiver dans l'obscurité, au-delà du cercle polaire, mais la mort le surprit dans un appartement surchauffé de Toronto où il dormait toutes lumières allumées. Il n'aimait pas les relations où l'on est plus de deux ensemble, mais savait s'engager au plus profond d'une relation d'un à un. On le disait excentrique. C'est vrai qu'il ne savait pas bien où était le centre, le cœur des choses, la voie moyenne. Son centre était ailleurs qu'en lui-même, ailleurs que dans ce que les autres attendaient. Il poursuivit en justice une fabrique de pianos dont l'employé s'était risqué à lui donner une chaleureuse bourrade dans le dos. Il n'aimait ni l'alternance, ni l'altercation, ni l'alternative. Il aimait peu les autres. Ou trop. Il aimait la fugue, la fuite, la fugitivité. Enfant, il avait toujours l'air souffrant et sa mère lui imposait divers régimes alimentaires. Toute sa vie, il mangea très peu, presque rien, en fait. Une fois par jour, au maximum. Jamais de viandes. Jamais de légumes : « les légumes sont damnés », disait-il. Pendant les tournées et les périodes d'enregistrement, moins encore. Il prétendit un jour n'avoir rien avalé de solide depuis dix jours. Du temps qu'il voyait encore des gens, après une nuit de discussions et d'enregistrements, il lui arrivait aux petites heures de les prier d'aller se servir à manger dans le réfrigérateur. Les participants revenaient gênés. Ils n'avaient trouvé que des boîtes de jus de fruits. C'est qu'en effet, il n'avalait que quelques jus de fruits, des crackers, ou des biscuits à l'*arrow root*. Quand il s'asseyait, c'était comme s'il était écrasé par son propre poids. Il avait l'air très pâle, très fatigué, toujours. Il n'aimait pas qu'on le regarde pendant qu'il jouait, mais aimait le regard innombrable et froid des caméras vidéo. Son père, après sa mort, a raconté qu'aussitôt qu'il avait été en âge de se tenir sur les genoux de sa grand-mère, assise au piano, il appuyait sur une touche à la fois (pas sur plusieurs comme le font la plupart des enfants en martelant le clavier à coups de poing), ne la lâchant que lorsque le son avait complètement cessé. Il était, dit encore le père, littéralement fasciné par l'amenuisement du son. Il termina son premier concert à New York en 1955 avec la *Sonate* de Berg, une œuvre qui s'achève sur un triple *piano,* suivi d'un *diminuendo,* devant un public déjà atterré par le choix d'une telle œuvre, à l'opposé du brio de concert, et sidéré d'un tel effacement, d'une telle concentration recueillie sur une note muette. Il sut lire les notes avant les mots. Pour lui apprendre leurs noms, sa mère l'envoyait loin d'elle au bout de la maison. Dès qu'elle avait appuyé sur une touche du piano du salon, Glenn la nommait. S'il se trompait, il n'avait pas le droit de revenir. Il ne se trompait jamais.

Diriez-vous qu'il était fou ? Et que dirait alors le mot folie ?

6

Il trouva la chaleur dans le froid absolu, prit appui sur le vide et désira la proximité dans l'infranchissable distance.

Un jour que Leonard Bernstein en tournée à Toronto avec le New York Philharmonic vint le visiter, Gould ne voulut pas qu'ils restent dans son appartement. Il lui proposa : « Allons donc faire ce que je préfère à tout. » Ils partirent dans la voiture de Gould enseveli dans les fourrures, les pelisses, les écharpes, tête et mains invisibles, les fenêtres soigneusement fermées, le chauffage à plein, la radio hurlant. Ils roulèrent des heures tout autour de la ville. Des heures dans le bruit et la sueur. Bernstein, qui n'en pouvait plus, lui demanda s'il faisait cela souvent. Extatique, Gould répondit : « Tous les jours. » On pourrait évidemment s'étonner de la contradiction manifeste entre cette recherche de la chaleur à en étouffer, cette hantise de prendre froid et la passion pour le Grand Nord, le froid Arctique. C'est que le froid physique n'est pas le froid affectif : on peut désirer être froid et ne pas aimer avoir froid.

Autres paradoxes : lui, le pianiste le plus *staccato* qui fût, le plus ennemi de l'enchaîné, du fondu, il aimait, parmi les chefs d'orchestre, les plus systématiques artistes du *legato* : Stokowski, Karajan ; lui, le fanatique de la distance épurée, il cultiva l'esthétique du fard, et laissa à plaisir autour de son jeu de piano ces déchets, ces parasites, ces traces de corps qu'une asepsie technologique proscrit : bruits de voix, grincements de chaise, cliquetis de l'échappement du piano.

Est-ce le même Gould qui fustigeait « la vulgaire hostilité artistique de ces sociétés brûlées par le soleil qui ont bâti une tradition d'opéra pour y sublimer de manière élégante et camouflée l'instinct primitif qui est le leur et qui les porterait plutôt vers le combat de gladiateurs », et qui, dans un rêve, se voyait dans la coulisse d'un grand opéra, assailli dans sa loge par un grand impresario lui disant : « Monsieur Gould, vous êtes l'homme qu'il me faut », et lui proposant de donner au pied levé la réplique à Maria Callas dans un quelconque opéra de Bellini, pour remplacer un baryton défaillant ?

Gould avait formé très sérieusement le vœu de fonder une ferme d'accueil pour les bovins promis à l'abattoir qui y finiraient leurs vies dans la dignité et la paix. Est-ce le même homme que ce naïf défenseur des droits des animaux, celui qui maniait la technologie de façon la plus délibérément artificielle ?

qui mémorisait les structures formelles les plus complexes ?

Mais pourquoi attendre de lui plus de cohérence que nous n'en pouvons trouver dans nos propres vies ? Et puis, n'est-ce pas la même attention à ce qui est vivant qui le déchirait à la pensée des animaux tués et le rassemblait émerveillé autour de la ligne des premières mesures de la *Sixième Partita* de Bach modelée sous ses doigts avec l'extrême souci de ne pas heurter, froisser, blesser ? La même compassion ?

N'est qu'apparente encore la contradiction entre les manières extravagantes de Gould en scène (ses maniérismes), qui faisaient que même son professeur de piano ne supportait pas de le voir jouer, et la retenue exemplaire de son jeu, tout sauf spectaculaire. Du même ordre paradoxal relève son amour pour la nuit, lui dont la sonorité et l'articulation ne sont jamais ternies par la pédale ou assombries par le timbre, comme s'il entendait préserver Dieu hors de sa vue par la pureté de ce qui distingue.

Paradoxe encore, le fait que peu d'hommes ont communiqué leur vérité essentielle à autant d'autres hommes que Glenn Gould, le reclus, à travers ses disques, ses émissions de radio ou de télévision, ses articles. Certes c'est de sa solitude qu'il parlait à chacun et la technologie lui permettait d'exister aussi loin que possible du monde extérieur, de rester en contact avec lui, et de s'adresser à un grand nombre d'individus par-delà l'espace et le temps. Son absence est une sorte de présence plus forte. Gould voulait le public et savait se tenir à l'écart pour que celui-ci vienne à lui plus nombreux, fervent.

Repliement de tout son être sur son noyau de musique, détachement de tout, hâtif départ, tout cela avait sans doute déjà eu lieu au moment où Gould quitta la scène. Le repli de 1964 n'était pas la première étape d'une longue quête, mais la dernière. Le retrait ou la retraite étaient moins une rupture que cette vieille connivence intime entre musique et disparition qui se répétait. Depuis longtemps, la musique était pour lui la seule chose qui existât vraiment, qui le possédât, et dont tout le reste le séparait, le concert à peine plus douloureusement que le reste. Tout ce qui attache, ces nœuds de plaisir ou de souffrance que sont les rencontres, les enfants, les travaux quotidiens, de toujours lui avaient fait envisager la fuite, « n'importe où, hors du monde ».

Paradoxe encore, cette voix qu'il ne faut pas « entendre » mais presque lire. Proust reprochait à Ruskin de méconnaître dans la lecture qu'un livre est *écrit* : « Les livres ne servent pas à perpétuer les voix de la conversation. Si c'était simplement le même genre de voix – rien que des paroles “ parlées ” – les perpétuer serait aussi frivole que de les transmettre ou de les multiplier. » L'enregistrement selon Gould n'est pas un moyen de diffusion ou de conservation, mais de création d'une autre nature que le concert, cette

« conversation », et qui requiert d'autres moyens musicaux, s'adressant à une autre écoute. Les disques de Gould sont *écrits*.

Autre paradoxe, celui du contact. Gould, que le contact de la peau d'autrui révulsait (il avait peur d'y contracter la mort, l'infection), aimait le contact étroit avec son piano. Chaise très basse, mais très proche, doigts collés aux touches, pas de jeu de poignet, contrôle prodigieux de l'attaque : on aurait tort pourtant de voir en lui un obsédé de la propreté, un servant d'une idéalité pianistique abstraite. C'était plutôt la recherche de la propriété qui le caractérisait. Ne jouer que ce qui est approprié, à ses goûts, à sa technique, et ne le jouer qu'en s'appropriant sans cesse le matériau.

Pourtant, il suffit de le regarder pour constater les rapports étranges qu'il entretenait avec son piano. Il choisit pour presque tous ses enregistrements le piano – et non le clavecin – parce qu'il dispose d'écarts de dynamique importants, et d'une pédale prolongeant la résonance harmonique, mais il l'utilise de façon délibérément antipianistique et affectionne « un type de sonorité qui ne convient guère au piano ». Le piano lui était prison, et il ne jouait que quelques heures par semaine, contrairement aux deux à cinq heures par jour des autres pianistes. Pourtant, il avait choisi, sinon le piano – avec une mère pianiste et à l'âge de trois ans, on ne choisit pas vraiment – du moins de continuer à en jouer jusqu'à la fin, sans se tourner vers un autre instrument ou se vouer à la direction d'orchestre ou à la musicologie. Pourquoi ? En fait, ce n'était peut-être pas cet instrument, le moins singulièrement instrumental, puisqu'il est tous les instruments à la fois, mais l'instrument de musique qu'il refusait. Et à cet égard, le piano présentait sur les autres l'avantage de se jouer seul, tout seul. Il n'existe pas de champ d'interprétation où tout dépende autant de l'interprète. Les autres instrumentistes ou les chanteurs, sans parler des chefs d'orchestre doivent composer avec d'autres musiciens, d'autres conceptions.

Dernier paradoxe : c'est lui, l'ennemi de la subjectivité, le zélateur de l'anonymat, que l'on reconnaît entre tous les pianistes, au bout de deux mesures.

Gould en contradiction avec Gould ? L'interprétation qu'il proposait lui-même de son activité de musicien, une illusion entretenue ?

Son apologie du studio échoue à convaincre quiconque écoute les enregistrements des mêmes œuvres en concert : les *Goldberg* de Salzbourg, le 25 août 1959, sa *Sonate* de Berg de Moscou jouée le 12 mai 1957, ou celle de Stockholm du 10 juin 1958, la *Sonate* opus 110 de Beethoven de Stockholm, sont incomparablement plus belles que leurs sœurs de studio.

Gould se trompait quand il revendiquait la supériorité absolue du studio. La prise en public donne par exemple à la *Sonate* opus 110 de Stockholm une densité, quelque chose de tendu contre le temps, quelque chose de volé, qui laisse imaginer ce que fut, lors de son avant-dernier concert public à Chicago, son interprétation de la même œuvre. Une sorte d'absolue nécessité comme dans les parties d'échecs où la *Zeitnot* aiguise le geste et accélère la pensée. En studio, le temps ne manque pas, on peut le reparcourir en tous sens. C'est une liberté, mais elle a son coût.

De même, on sait que Gould prenait toujours le même exemple pour critiquer l'extériorité des interprétations faites en concert, celui de la *Cinquième Partita* de Bach qu'il avait jouée partout en U.R.S.S. en 1957, et qu'il enregistra dès son retour à la fin de l'été. Il affirme que ce fut la pire de toutes les *Partitas* enregistrées, « la plus pianistique », « du Liszt-Bach, non du Bach ».

Les défauts étaient précisément dus aux déformations que le concert public aurait imprimées à son jeu : cadences trop marquées pour montrer l'articulation du texte en phrases et paragraphes, ruptures de dynamique, *crescendos* et *diminuendos,* avaient « contaminé » son jeu, car il avait fallu « projeter la musique jusqu'au deuxième balcon de la salle Tchaïkovski ». Il est vrai que le jeu change selon le lieu et que, par exemple, Horowitz lui-même reconnaît qu'une large part de sa technique pianistique (notamment l'usage de la pédale) a été façonnée par le fait de jouer dans de vastes salles.

Pourtant, la comparaison sur quelques mesures des deux façons de jouer, telle que Gould la confia au micro, laisse confondu. Certes, les structures apparaissent mieux dans la version « froide », mais l'élan, l'appel du temps, l'inéluctabilité, donnent à la version « publique » une singulière urgence.

Quant au mépris du romantisme, qu'il s'agisse du répertoire pianistique du XIXe siècle ou d'une certaine tradition de l'interprétation, on ne saurait oublier que Gould enregistra un nombre impressionnant d'œuvres romantiques ou postromantiques : de Schumann le *Quatuor*, de Brahms les *Intermezzi*, les *Rhapsodies* et les *Ballades*, de Weber le *Konzertstück* pour piano et orchestre, de Bizet le *Nocturne* et les *Variations chromatiques*, de Chopin la *Sonate* en *si* mineur, de Scriabine quelques pièces et deux *Sonates*, de Strauss la *Burlesque*, la *Sonate* et une transcription d'*Elektra*, etc.

Quand il dit : « Je ne suis pas un pianiste, mais un écrivain, un compositeur et un homme de communication qui joue du piano à ses moments perdus », il est aussitôt démenti par n'importe lequel de ses enregistrements, et Jacques Drillon a justement montré combien son jeu de piano est « passionné, séducteur, sensuel et violent ». Si Gould, en effet, jouait du piano assez rarement, et presque plus à la fin, c'est l'essentiel de sa vie, et une part précieuse de la nôtre, qui se jouaient dans ces moments « perdus ». L'essentiel de ce qui restera quand les professions de foi en la technologie seront oubliées, le compositeur uniquement joué pour mieux situer l'interprète, et l'écrivain lu seulement en rapport avec la musique qu'il grava.

Après tout, seuls les naïfs s'étonneront de ce que

Gould préférât substituer l'œil d'une caméra et l'oreille d'un microphone à ceux de son prochain. Seuls les méchants s'en gausseront et l'accuseront de duplicité histrionique. Kurt Loebel, premier violon de l'Orchestre de Cleveland, dit de lui : « Il n'était jamais possible de savoir avec certitude qui était le vrai Gould, et qui, l'acteur en représentation. Cependant, j'ai toujours senti en lui une sincérité et une décence foncières, et puis, de temps en temps, des moments subits de démonstration calculée. »

Par ses paradoxes, ses inconséquences et ses contradictions, Gould irrite, provoque. Il a déclenché les réactions les plus opposées : la hargne et l'idolâtrie. Sans doute faut-il pour être juste envers lui accepter l'agacement ou le rejet qu'il suscite en soi, en même temps que l'admiration, et reconnaître avec Georges Szell (« Cet idiot est un génie ») le malaise que son passage causa parmi nous.

On peut railler cet impossible détachement, dire que les moyens de cette fuite étaient contraires à sa direction, constater que ce monde sans formes et sans nom vers lequel il tendait est maintenant un territoire balisé de centaines de milliers d'enregistrements vendus dans le monde, penser que rien n'est infini sauf la succession et le déploiement des choses finies, que le gris est encore une couleur, que Gould s'est trompé de cloître et que personne n'est personne.

Mais le moyen de ne pas partager, au moins à de certains moments, cette hostilité envers les hommes, cette indifférence à la vie commune, cette appartenance à des mondes lointains et mystérieux, qu'on lui devine sous la précipitation à répondre à celui qui l'interroge, derrière la hâte à faire bonne figure devant la caméra, dans la parole filant à une vitesse incroyable, loin en avant d'un regard qui ne se livrait qu'en de brèves fulgurances d'une tendresse insoutenable !

Car il y avait aussi chez Gould une immense pudeur. Les moments de ses entretiens où il se montre le plus émouvant sont des moments d'esquive, lorsqu'il sent que l'autre approche d'un endroit douloureux. Alors, vient l'ironie ou la précision technique. Ainsi, lorsque John McClure lui demande pourquoi il va dans le Nord, qu'est-ce qu'il y cherche, solitude, sauvagerie ?, il répond par un détour : « Je cherche les personnages de mes émissions de radio. » Lorsqu'on évoque son désir d'un hiver dans le noir, la voix, enjouée, répond en se plaignant de l'air conditionné qui règne dans la pièce.

Ce qui unifie un peu le personnage, c'est sa capacité de dialogue. Qu'il joue seul, qu'il s'entretienne au clavier avec un interlocuteur, démontrant, reprenant, illustrant, qu'il réponde à un interviewer ou feigne de s'interviewer lui-même, Gould était toujours en dialogue, avec l'autre, ou avec lui-même comme autre. Dans la musique à deux (les *Sonates* de Bach pour violoncelle et clavier avec Leonard Rose, celles pour violon et clavier avec Jaime Laredo) ou dans ses accompagnements de *Lieder,* il se tenait effacé, et le son de son piano se faisait délicat, laissant de la place. N'est-ce pas le fond de l'amitié, que de pouvoir rester seul avec ses pensées, de partager un silence sans en souffrir et de recourir à une esquive sans faire souffrir ?

Orgueilleuse, certes, cette solitude qui refusait les limites de la salle de concert : le peu d'écoute, la distraction du public par rapport à la concentration de celui qui écoute un disque ; et puis, à quoi bon s'adresser à deux mille personnes quand on peut en toucher deux cent mille ? Gould se refusait à la communication avec ses semblables, mais seulement à cette non-communication, à cette parole vide que l'on vend sous le nom d' « ère de la communication ». Sa solitude était un moyen de rejoindre chacun dans sa propre solitude. Gould nous a témoigné l'amitié ou la pudeur de n'être pas là quand on l'écoute.

7

Le film se déroule. Il date de mai 1966. On voit Gould parler avec Yehudi Menuhin de Schönberg et de sa *Fantaisie* pour violon et piano opus 47, qu'ils s'apprêtent à jouer ensemble. Ce n'est qu'un instant, un éclat, son visage, ses yeux si beaux, soudain redonnés par le noir et blanc d'une émission exhumée des archives d'une télévision. Plans moyens, décors néo-grecs, dialogues compassés : « Vous en savez plus sur Schönberg et comprenez sa musique de façon plus authentique que qui que ce soit d'autre. » Les yeux gardent les paupières plissées de qui ferait effort pour voir. Le visage est empreint d'une tendresse inaliénable, distante, ennuyée, gauche un peu.

Parfois, se lisait sur ses lèvres un sourire de regret, comme s'il était confus d'être là, de prendre trop de place. Parfois, centaure marmottant en voix fêlée le chant que le grand corps noir du piano faisait résonner, il s'usait à user son vieux Steinway jusqu'à la corde, le menton près des touches, comme s'il voulait, on ne sait, le manger ou le vomir. Je suis sûr qu'il lui arrivait de flairer son ivoire, comme un enfant ou un chien, pour ne pas se perdre dans l'inhumanité du temps. Parfois, il y avait du monstre en lui, à la fois gnome et prince. Parfois, seuls les yeux disaient en un masque funèbre que la musique l'occupait tout, de l'intérieur, le mangeait, aurait-on dit. Il n'y avait plus que son regard pour le retenir à la vie, mendiant un signe dans les yeux de l'autre, puis replongeant.

Je ne saurais dire de quelle couleur étaient ses yeux. Ce n'est pas faute d'avoir regardé les rares photos en couleurs où il se montre, ou d'avoir arrêté l'image des bandes vidéo sur l'instant fugitif où l'on surprend son regard en fuite – non pas vous fuyant, fuyant en vous, ou au-delà de vous –, lorsque se lève soudain dans ces yeux désillés cette lueur indéfinissable qu'ils prennent chez ceux qui les ferment souvent ou les écarquillent sur l'inconnu. Je dirais qu'ils étaient verts, ou bien d'un gris intense, d'une nuance presque cruelle, embus de rêves amers.

Menuhin disait de son visage que c'était un miroir qui éclairait celui qui s'y regardait.

Le film date du printemps 1981. Monsaingeon y montre Gould jouant les *Variations Goldberg.* Le visage est méconnaissable, vidé. Comme si par un échange il se désincarnait à mesure que s'incarnait la musique qu'il jouait. Le corps est étrangement épais, alourdi. Les vêtements gris ou sombres, sans forme, indescriptibles. Il est devenu une sorte de masse neutre, retirée dans son temps et son espace intérieurs, sans histoire. Quelqu'un de très vieux. Mais à de rares moments, il sourit intérieurement, au plaisir de l'idée, plus qu'à celui du son, et alors les traits redeviennent ceux du beau jeune homme qu'il fut. Émouvante et vaguement ridicule, cette façon des hommes de courir après leur visage toute leur vie et de ne le rejoindre qu'à l'instant de la mort.

Gould avait de nombreuses obsessions concernant son corps et les diverses maladies qui pouvaient l'accabler. Deux dominaient : la tension artérielle, qu'il prenait un nombre incalculable de fois à longueur de journée, les germes, qu'il croyait saturer l'air ambiant, toujours prêts à l'abattre au premier contact. Certains affirment qu'il est finalement mort de ces maladies dont il avait toujours craint de mourir.

En janvier 1960, Gould fit, aux côtés de Leonard Bernstein, sa première apparition télévisée aux États-Unis. C'est à ce moment que semble avoir débuté la douleur à l'épaule qui a entièrement paralysé le pianiste pendant plusieurs mois. Il interrompit évidemment concerts et enregistrements et se rendit à Philadelphie pour tenter de se faire soigner par l'orthopédiste que lui recommandait le chef Eugène Ormandy. Immobilisé dans un cadre pendant plusieurs semaines, Gould ne trouva là qu'une rémission temporaire à son mal. Il reprit ses tournées au printemps. À nouveau, en 1977, il eut une contracture à l'épaule droite qui l'obligea à renoncer à tout enregistrement pendant près de deux ans, entre le disque consacré à Sibelius et celui où il joue, début 1979, les *Fantaisies* de Bach. Il ajourna également les entretiens filmés entrepris avec Monsaingeon. Il ne joua presque plus de piano, mais enregistra dans un carnet jour par jour l'histoire de cette douleur. La mécanique, la spatialité de la main, du poignet, de l'avant-bras et du bras, leurs répercussions ou leur origine dans l'épaule, tout le devenir de cet assemblage de nerfs et de mémoire, de calcul et de pleurs, qu'est le jeu du piano, Gould, frappé par ce qu'il nomme mystérieusement sa « commotion », en tint le compte heure par heure, dans l'un des documents les plus précieux qu'un homme ait pu dresser de l'état de son corps malade – ou cru tel –, et relata la patiente réappropriation des gestes dans l'épreuve de l'instrument.

Un autre jour, dans les studios de la C.B.C., il heurta très légèrement sa tête au dos de son fauteuil spécial. Figé par le mal, il en manifesta une telle frayeur, que les témoins pensèrent à une attaque.

On connaît à Gould plusieurs pianos. Son premier était un piano américain Chickering datant de 1894. Il possédait une sorte d'immédiateté tactile que Gould rechercha ensuite tout au long de sa quête du piano idéal. Mais les deux propriétés qu'il aimait le plus en lui, et qui en faisaient ce « piano puritain » ensuite introuvable dont il garda toujours la nostalgie, étaient sa dureté d'enfoncement et son manque de chair harmonique.

Pendant sa carrière de concertiste, il dut s'accommoder des pianos trouvés localement, et ne se fit pas suivre dans tous ses engagements par son indéfectible instrument, comme par exemple Arturo Benedetti-Michelangeli.

Le Steinway CD318 qui fut le piano l'accompagnant dans toute sa vie d'enregistrements datait de 1938 ou 1939, mais Gould, à partir de 1960, entreprit de lui faire subir une révision totale qui dura plus de sept ans. Il cherchait un piano qui fût ferme dans l'enfoncement vertical, mais conservât assez de jeu latéral pour permettre de maintenir par vibration du doigt une résonance de la touche enfoncée, caractéristiques que Steinway jugeait incompatibles.

Il parcourut les États-Unis et le Canada, jouant tous les pianos que les fabricants lui proposaient, sans trouver le piano rêvé. Il essaya du côté de Baldwin, mais ni l'enfoncement ni le son ne le satisfirent. Il aurait voulu un « Baldstein » ou un « Winway », disait-il. Enfin, en janvier 1955, passant à nouveau une journée chez Steinway, sur la 57e Rue Ouest, en face de Carnegie Hall, il tomba sur un « grand » qu'il n'avait encore jamais vu ni joué. Comme il avait laissé sa chaise à l'hôtel, et qu'il voulait absolument entendre l'instrument, il le joua dans la position qui lui sembla le plus proche de son habitude, à genoux. Il joua du Bach ; s'arrêta, émerveillé. C'était ça. Le piano portait comme numéro de série 174.

Il le voulut adapté à Bach et aux Anglais de l'époque Tudor, mais il était aussi capable d'un son fiévreux et moelleux quand Gould y jouait la transcription par Liszt de la *Cinquième Symphonie* de Beethoven.

On se moqua de ses manies, mais Gould ne fut pas le seul pianiste à avoir effrayé les techniciens par ses exigences de mise au point et d'égalisation. Ceux qui ne jouent pas de piano ignorent sans doute l'amour – de ressentiment mêlé – unissant le pianiste à son instrument. Ils ne savent pas que les pianos parlent ou restent lèvres closes, qu'ils manquent, vieillissent et meurent. En mars 1957, le Steinway 174 tomba d'un camion et se brisa en morceaux au retour d'un concert à Cleveland. Gould entra dans une sorte de dépression endeuillée : « Le Chickering est bien malade, et le Steinway est parti, disait-il. Dans quelques années, je vais me retirer aussi. »

Le Steinway 174 fut entièrement refait, dépouillé de son nom et de son identité sonore. Il passa par des sortes de limbes. On refit ses cordes, ses marteaux, sa caisse. Gould ne voulut pas reconnaître le convalescent. Il avait été défiguré. Il tenta alors de se replier sur son vieux Chickering. Quelques mois plus tard, un spécialiste lui dit qu'au lieu de chercher désespérément un Steinway qui sonnât comme son Chickering, il ferait mieux de modifier son Chickering pour le faire sonner comme un Steinway. Gould fit donc changer complètement le mécanisme de son vieux piano. Là encore, ce fut une catastrophe. Il ne put jamais s'habituer à son nouvel enfoncement. Il n'eut plus de piano auprès duquel, au-dedans duquel, entre les tournées, entre d'insatisfaisants pianos de rencontre, il pouvait venir demeurer quelque temps.

À partir de 1960, Gould eut un autre Steinway CD 318 avec lequel il enregistra la plupart de ses disques à partir des *Intermezzi* de Brahms, à l'exception des quatre derniers de 1981 et 1982 : *Sonates* de Haydn, *Variations Goldberg*, *Rhapsodies* et *Ballades* de Brahms, *Sonate* et œuvres de jeunesse de Richard Strauss, tous enregistrés sur un Yamaha acheté d'occasion à New York en 1980, chez Ostrowsky, 56e Rue Ouest.

Le Steinway possédait l'échappement serré nécessaire au jeu *non legato* de Bach, et cette sorte de *vibrato* interne à chaque note propre au clavecin. Il n'était pas sans défauts, et émettait notamment dans le médium une sorte de hoquet que l'on entend dans les mouvements lents, entre les gémissements du pianiste et les grincements de sa chaise, mêlé aux deux ou trois voix des *Inventions* de Bach. Parfois, on eût dit que son piano avait froid. Il frissonnait, grelottait presque.

Pour les pianistes, le piano n'est pas un instrument dont se servirait leur corps, il est leur corps, et peut-être certains ont-ils besoin de celui-là pour en avoir un. Dès lors, quoi d'étonnant à ce que ce corps soit l'objet d'une attention détaillée, d'un inlassable questionnement concernant ses faiblesses et ses limites ?

Peu de pianistes eurent autant de corps que Glenn Gould, lui qui l'avait en haine; autant d'attention, de science, de terreur devant le mystère de leur propre corps. À tel point qu'on sent cette densité, non seulement quand on le voit jouer, où c'en est presque obscène, mais aussi lorsqu'on l'entend les yeux fermés : on devine alors la musique portée à l'extrémité d'un corps.

Que Gould ait été terriblement hypocondriaque, ait eu les sens en éveil au point de confondre caresse et heurt, toucher et douleur, qu'il pût jaillir de son fauteuil par peur d'être approché par un technicien passant à un mètre, comme si le corps de l'autre ne pouvait lui être que blessure ou infection, est-ce là l'important ? Faut-il fermer les yeux sur ces travers de l'artiste et les excuser en les inscrivant au compte de la légende du lunatique ? Je crois au contraire que cette maladie du corps, cet effroi, ont pu donner au musicien cette extrême sensibilité au mécanique, ce sens infime de l'articulation, ce raffinement de l'attaque qui furent les siens.

Peut-on séparer entièrement son jeu du piano et cette phobie du toucher qui l'amenait à n'accorder, dans de très rares moments d'effusion à ceux qui avaient su devenir ses proches, parce qu'ils avaient compris que pour cela, il ne fallait ni vouloir s'approcher physiquement, ni chercher à le « toucher », à le séduire, que la grâce d'un effleurement du bout des doigts ? C'était alors très bref, et cela n'arrivait qu'une fois ou deux dans le décours d'une amitié, mais peut-être était-ce aussi violent et généreux pour lui que pour nous autres les plus tumultueuses embrassades.

Les doigts et leurs extrémités s'étaient probablement chez lui investis d'une telle sensibilité, d'une si aiguë capacité de discernement qu'ils pouvaient déployer sur le clavier un savoir autrement essentiel des énergies et des surfaces que celui que nos corps de plaisir laissent entrevoir. Et qui ne comprend le dégoût des mains du pianiste fatigué d'avoir trop vu les siennes pétries comme du bon pain dans la fièvre des loges les soirs de concert ?

Mais pourquoi choisit-il comme photo pour les *Petits Préludes et Fuguettes* ce décor sinistre, ce sol dallé où une large tache grasse s'étend à ses pieds, cette chambre vide, ce mur entre deux fenêtres donnant sur un ciel de suie et laissant voir deux immeubles de bureaux, pourquoi ce pan de mur bleu délavé où manque un large lambeau de plâtre, ces parpaings de béton qui apparaissent ? Pourquoi ce visage où la barbe a poussé comme sur la face d'un mort ? Pourquoi, sur presque toutes ses pochettes de disques, les photos le montrent les mains touchant toujours quelque chose : ses cheveux, la pointe du menton, une casquette, la tempe, une paire de lunettes, le dos sculpté d'un fauteuil, le bord du couvercle d'un clavier, ou bien croisées, comme celles d'un enfant sage ?

Il portait souvent un bonnet de fourrure – de l'astrakan –, même en été. Un jour, comme il venait dîner chez Leonard Bernstein (en ce temps-là il sortait encore, parlait, touchait un peu, dînait), Felicia, la femme de Bernstein, ne put s'empêcher de le mener à la salle de bains pour laver et couper sa chevelure graisseuse, emmêlée et répugnante. Ses vêtements étaient sales, élimés, ses chaussettes trouées, comme d'habitude. Il se rasait rarement. On le prenait parfois pour un clochard. Voici comment Joseph Roddy le vit arriver à un déjeuner au milieu d'une session d'enregistrement, fin juillet 1957 à New York : « Il portait un béret, des protège-oreilles, une écharpe, un manteau et une paire de solides gants de cuir. Au restaurant, une fois tout cela dépouillé, il portait encore une épaisse chemise de laine, un lourd chandail, et une grosse veste en tweed à poil long, des pantalons de laine, des couvre-chaussures et une paire de gants tricotés. »

Il disait : « J'aime être encerclé de toutes parts par la musique comme par une sorte de tapisserie électrique et sonore. Cela vous donne une protection, un abri, cela vous met à part. »

Il n'aimait pas ce qui vêt la musique. Il la voulait dénudée. Il savait comme elle dénude, écorche, hérisse le poil. Sur les dernières photos, il est très maigre. Aucune douceur de la chair pour éteindre la fièvre des os. Une grande force pourtant dans ce corps, la même que donne l'ossature d'une fugue dans ces moments où la chair des jours se défait.

8

Il y a du naufragé chez Gould, même si ce n'est pas à lui que Thomas Bernhard donne ce nom dans le livre portant ce titre où Gould figure comme personnage, du naufragé accroché à la pièce de bois qui va à la dérive, comme si le monde n'était plus que ce bois, ou cet ivoire sous les doigts. C'est peu de dire qu'il était attentif, dans une attente extrême d'une musique qu'il maîtrisait moins qu'il ne la dévisageait, comme une étrangère. Il se faisait guetteur, prédateur de quelque chose de tout autre.

D'un geste, parfois, la main libre s'échappait étrangement, les doigts joints, puis épanouis comme des rémiges tremblantes, et semblait vouloir laisser dans l'air une trace écrite. On le voyait aussi le cou ployé, la face défaite, les lèvres baisant le vide, l'œil embué et le cheveu gommé de sueur, et c'était alors la douloureuse expression outrée que le plaisir inflige au visage humain.

Il jouait de la musique avec ses mains, car il fallait bien, il était pianiste, mais aussi avec son menton ponctuant les entrées des voix, annonçant des instrumentations imaginaires, mais encore avec les lèvres s'ouvrant et se fermant au rythme de la battue, marquant de temps à autre plus nettement le tempo d'une plongée résolue de l'occiput.

Polyphonie du corps tout entier, étrangement mobilisé chez lui qui aimait à se nommer, comme le personnage du roman de George Santayana, « le dernier puritain ». Le sexe, que la musique voudrait oublier, se venge et investit la posture, possède tout le corps.

Il jouait la musique comme si la musique pouvait lui faire mal, à l'affût de sa brûlure, de sa morsure. Le plus lointain (l'enfance) était toujours à portée de main, de nez, de bouche. Il fallait la river au clavier. Rester si près de la table d'harmonie, c'était demeurer le petit devant un piano toujours trop haut. Les corps sont inaccessibles. Autrefois, quand il rentrait de l'école, on le voyait battant l'air des bras, dirigeant un orchestre de vent ou de bruine.

On pourrait voir dans sa posture, sa gestique aberrante, les stéréotypies familières à la psychiatrie. Les mains seules semblent parfois animées, possédées d'une vie insatiable, échappées du corps comme des objets, des parties n'ayant rien à voir avec celui qui se tient derrière. Ces mains que comme beaucoup de pianistes, il regardait comme si elles étaient des choses incompréhensibles, détachées. La main appartient au piano, non au pianiste. Regardez-le, penché, rabattu sur son clavier, comme s'il voulait qu'il n'y ait plus de piano entre lui et la musique et cherchait à s'abolir dans le piano, à se confondre. Ce n'est pas « au piano, Glenn Gould », mais « Glenn Gould, piano solo ». Être le piano, non seulement souffrir de ses mauvais réglages comme de dérèglements de son propre corps, mais retrouver dans ses couleurs le clavier de ses humeurs, le regarder les yeux clos, avec cet arrière-sourire indicible que l'on n'adresse qu'à soi. Parfois, il se reculait de biais, et regardait par-dessus le pupitre, plongeant dans l'or vieilli du cadre, fouillant des yeux on ne sait quel fond, semblant chercher quelque chose qu'il eût perdu, quelqu'un qui manquera encore.

Au début d'une *Partita*, énonçant le thème, comme si le monde commençait là, ou pouvait aussi bien s'arrêter à cet instant, il se penchait sur son piano, le caressant de la voix, comme une mère parle sans mots à son enfant.

Gould joue la fugue de *L'Art de la fugue* dans laquelle Bach se sert de son propre nom comme motif de contrepoint. Il a la tête détournée, regarde à gauche, là où les caméras ne le regardent pas, vers le bas du clavier, là où il n'y a pas de musique, et trace alors de la main gauche dans le vide des volutes qui n'ont de sens que pour lui.

Je le revois dans les variations lentes des *Eroica* de Beethoven. Les lèvres happent le battement des notes. Le buste, le cou et la tête, selon un même axe, commencent des circonvolutions parfaites, d'abord serrées, puis de plus en plus larges, une spirale dont on ne sait si elle monte ou descend, dont on sait seulement que les boucles ne finiront qu'avec le début de la variation suivante. Une sorte de derviche tourneur enivré de sa propre rotation.

Pourtant on pourrait aussi soutenir que sa posture extravagante n'était due qu'à des considérations musicales, facilitant par la proximité extrême la précision et la régularité des articulations. Dans Bach (Liszt ou Scriabine sont inabordables de si près), cela raffine et allège le son, en efface les colorations proprement pianistiques. « Redresse-toi, Glenn. Redresse-toi », disait sans cesse Florence Gould à son fils quand elle le voyait au clavier. L'autre chose qu'elle entendait lui imposer était de jouer en public. Il lui fallut un certain temps pour refuser l'un et l'autre. Il jouait parfois si penché sur le clavier, qu'on eût dit qu'il voulait se coucher sur son piano. Peut-être s'y ensevelir.

9

Fin juillet 1957, Gould enregistre la *Cinquième Partita* de Bach au studio Columbia de la 30e Rue Est à New York. Alors qu'il aborde le passage fugué, le pianiste entend Howard Scott, directeur des enregistrements de la firme, le prier de cesser de chanter à pleine voix : « On entend à peine le piano tant vous chantez fort. – Voyez-vous, Howard, c'est le piano, pas moi ; c'est lui qui n'est pas assez fort. » Puis il eut une illumination : « Et si je mettais un masque à gaz en jouant, alors, on ne m'entendrait plus chanter. » De là provient la légende selon laquelle Gould jouait parfois affublé de cet étrange accessoire. Retenons un trait : l'incertitude des limites entre le pianiste et son piano. Il affirmait pourtant parfois qu'il aurait aimé pouvoir se passer d'enregistrer sa voix en même temps que la musique de ses doigts. Il ne voulait pas trop penser aux raisons possibles de ce chant accompagnant. Il disait que la question lui faisait peur, qu'elle risquait de le conduire à l'impuissance et que s'il arrêtait son chant, il ne pourrait plus se concentrer. « Une distraction. Je déteste cela, et je condamnerais un autre artiste, s'il se livrait à ces débordements. Tout ce que je sais, c'est que cette élaboration vocale m'est nécessaire. Je joue plus mal si je ne chante pas. »

On peut tenter de s'approcher un peu plus de ce chant. À trois ans, on a de petites mains et, quand on est Gould, de grandes idées musicales, une immense mémoire. Peut-être faut-il alors chanter ou fredonner les notes qu'on ne peut atteindre, fût-ce en substituant. Gould lui-même disait qu'il y avait sans doute là un effort inconscient pour pallier les difficultés dues au piano, ses déficiences mécaniques et produire à la place un son parfaitement articulé, celui qu'on voudrait entendre. Le chant peut également représenter le jeu idéal dont séparent les limites techniques du pianiste. Il fait partie du geste de la création. Une pensée mêlée de désir qui énonce comment la phrase devrait être, et que le clavier ne parvient jamais tout à fait à inscrire dans la réalité.

Les Orientaux n'ont pas besoin d'une lecture musicale pour faire de la musique. Elle leur est transmise non par l'œil, mais par l'oreille, la bouche – la tradition orale. Quand ils la jouent, c'est comme une chose venue de l'intérieur et de l'antérieur. Les musiciens de l'Inde ne doivent pas jouer un *tala* avant de savoir l'énoncer par la bouche. Gould, un peu à leur façon, devait se danser la musique au-dedans. Dans un film, on le voit au milieu d'une *Partita* s'arrêter soudain de jouer. Il se lève, va à la fenêtre, regarde le ciel, murmure, marmonne, scande des lèvres et du souffle. Il bâtit le rythme en bouche, travaille l'intonation en expirant. Puis on le voit revenir au clavier. Il joue enfin le passage. Il n'accroche plus.

Mais le chantonnement est aussi le moyen, l'arme de certains pour s'abstraire du commerce d'autrui : le fredon, voix de tête ou voix de ventre, de centre, qu'on ne sait où placer dans l'espace parce qu'elle est hors du temps. Le chantonnement de Gould est proprement intempestif. Voix d'avant, toujours. D'avant l'instrument, comme si le jeu du piano l'avait refusée, bannie, recouverte, et que malgré tout elle revenait. Ce chant de Gould est une sorte d'autobercement pauvre (il chante faux), mais il est très lié, contrepoint surprenant au détaché du jeu des doigts. Il est si peu de chose par rapport au chant de l'instrument. Un reste, si nu, un chant pour soi, ni interne ni externe, à peine un rythme, un balancement.

Le souvenir de la musique précède la musique jouée avec un léger décalage, une anticipation brève, comme une tête de lecture usée fait grésiller à l'avance les notes qui vont venir. Toute note arrive précédée de son attente. Son ombre ne la suit pas mais la devance. C'est elle qui est l'écho de son écho. La musique toujours répète. En elle, l'apparition et la disparition semblent une même chose. Gould ne pouvait pas plus séparer la musique de sa propre voix qui la précède, l'accompagne, l'enserre (Florence Gould était professeur de chant), qu'on ne peut séparer la parole de la voix qui l'incarne. On ne peut se défaire de sa propre voix comme d'autres choses, en la mettant au-dehors. Il faudrait l'éteindre au-dedans de soi. La musique s'y efforce, mais n'y parvient pas toujours.

Ce dédoublement des notes frappées par les doigts et hélées par la voix ne fait pas de Gould un cas singulier de musicien chantonnant – il y eut Toscanini, Szell, Barbirolli, chez les chefs d'orchestre, et, par exemple, Serkin chez les instrumentistes, qui ne retenaient ni leur souffle ni leur voix. Casals accompagnait parfois son coup d'archet comme le bûcheron ahane sur sa bille de bois. Mais le chant irrépressible fut tout de même chez Gould si terrible qu'il fallut finalement inventer une sorte d'écran avalant la voix, interposé entre sa tête et les micros posés autour du piano. Il ne s'agissait certes pas que de compenser les faiblesses structurelles et d'oublier le son réel du piano réel. Il avait lui-même remarqué que lorsqu'il se mettait à chanter, c'était que le piano lui était devenu étranger, et qu'il allait jusqu'à vociférer lorsqu'il se faisait ennemi. Par contre, avec le Steinway 174, on ne l'entendait presque pas : à peine si la musique semblait alors jouer avec son propre fantôme, sa propre image, sa propre mémoire enfouie.

Aimer Gould, c'est aussi aimer cet *obligato* ombrant la ligne pianistique, voix qu'on dirait parfois suppliante ou extatique, voix d'orant ou de possédé. La musique est notre revanche sur les mots : la parole noyée ne résonne plus. Seule la voix, alors, la voix sans mots qu'on entend dans le plaisir ou la souffrance.

10

Jouant le *Deuxième Concerto* de Beethoven avec George Szell et l'Orchestre de Cleveland, Gould utilisa, dans sa première tournée américaine, son éternelle chaise dont les pieds avaient été raccourcis. Cette fois, il trouva qu'il était encore trop haut par rapport au clavier de quelques centimètres. Abaisser la chaise eût forcé les jambes à une posture inconfortable. Restait l'autre solution : surélever le piano. Gould fit fabriquer de petites cales de bois avec une encoche où s'encastraient les roulettes du piano. Il passa ensuite une partie des *tutti* à ajuster accroupi par terre les pieds de sa chaise. On dirait ces histoires de fous modifiant l'environnement plutôt que de s'y adapter, changeant l'ordre du monde plus volontiers que leurs désirs, ou encore ces spectacles de cirque où l'on rapproche le piano du tabouret.

Pourtant, on peut lui reprocher tout, mais pas la légèreté, le flottement. Ni dans la conception : égalité extrême des attaques, des doigts, inégalité des tempos, certes, d'une version à l'autre, de son interprétation par rapport aux usages, mais jamais au sein d'une page (absence de *rubato*). Ni dans la physique du son : il ne s'éloigne pas de la gravité, ni du centre de gravité. Le sien était plus bas, au piano. Plus bas et comme au-dehors. L'extase n'est pas de n'avoir pas de centre de gravité, mais de l'avoir à l'extérieur.

Chaque fois que j'entends la variation 25 des *Goldberg*, je repense à ces vers de « Burnt Norton », le premier des *Quatre Quatuors* de T.S. Eliot :

Descend lower, descend only
Into the world of perpetual solitude,
World not world, but that which is not world,
Internal darkness, deprivation
And destitution of all property,
Dessication of the World of sense,
Evacuation of the world of fancy,
Inoperancy of the world of spirit; [...]

Descends plus bas, descends seulement
Dans le monde de la solitude perpétuelle,
Un monde non pas monde, mais cela même
[qui n'est pas monde,
Obscurité interne, privation,
Destitution de toute propriété
Dessication du monde du sentir
Évacuation du monde des images
Inopérance du monde de l'esprit ; [...]

La musique selon Gould : un certain amour du bas. L'idée que le son vient d'en bas, du piano et non du corps, et que les doigts ne sont là que pour le libérer. On n'est jamais trop bas. Comme si le centre de gravité de la musique était plus près de la poussière de l'estrade que des lustres de cristal. Même quand il jouait Beethoven, ce n'était pas avec le haut du corps, les bras, les épaules, le dos (comme Arrau par exemple), mais presque au bord du piano. Le son n'est pas apporté du dehors, mais comme extrait du dedans de l'instrument.

Il y a là une métaphore. Sans cette expérience du grave, du poids, de la dépression, au sens du creux, de la verticalité attirante, aucune création n'atteindrait sa densité. Au piano, vous jouez Scriabine. Il faut laisser les bras tomber, rencontrer le son au bout du vide, de l'inéluctabilité de la mort, des choses qui tombent, il faut vous faire caduc, dans un mouvement qui n'est pas voulu, désiré, mais abandon à la physique des corps. C'est alors que le son est plein, non frappé, que l'accord est vivant.

Gould procédait autrement ; assis beaucoup plus bas que ne le sont d'habitude les pianistes (à environ 36 cm du sol, la hauteur moyenne étant de 50 cm), il ne pouvait faire ainsi sonner l'idée du vide, jeter au-dehors le vide intérieur, mais se fondait sur une sorte de gravitation inverse, laissant le vide (la musique est une vibration du vide) monter, comme un poids qu'il accueillerait d'en bas. La main n'est là que pour distribuer les vides, les organiser, les hiérarchiser : ce qu'on appelle une phrase, un chant.

Un récit veut que ce fût le père de Gould qui ait scié les pieds d'une chaise et y ait inséré des vérins réglables permettant de choisir non seulement la hauteur, mais l'angle du plan d'assise par rapport au clavier. Un autre dit que son professeur avait l'habitude de peser de toutes ses forces sur le dos et les épaules du jeune pianiste qui devait exercer une terrible contre-poussée, généralement vouée à l'échec, pour se tenir à distance du clavier. Peu à peu il se reploya totalement sur lui-même.

Humilité, désir d'épouser ou d'écouter la terre.

Chez lui la musique est un autre état du silence, la lumière une leçon de ténèbres.

11

Que les problèmes techniques en musique soient manifestement des problèmes éthiques, on peut s'en convaincre en posant des questions telles que : est-il légitime de ne pas tenir compte d'une indication précise du compositeur ? peut-on ajouter ou supprimer des notes ? est-il admissible de coller pour un enregistrement plusieurs séquences provenant de différentes prises, d'effacer les fausses notes, de pratiquer la « falsification créatrice » ? Toutes questions que Gould tranchait par l'affirmative, d'ailleurs. Mais il avait une manière beaucoup plus étendue de subordonner entièrement la technique à l'éthique. Quelques principes de cette éthique : 1) les doigts après la pensée. Les aspects tactiles sont infiniment secondaires par rapport au problème essentiel : « donner un sens à la musique »; 2) la musique avant le piano; 3) la musique n'est pas d'abord la production de corps sonores, d'événements physiques, non plus d'ailleurs que d'états psychiques, mais la recherche d'une perfection spirituelle, elle tend à l'incorporalité. Bien jouer, il y va de l'âme. Gould parlait de « rectitude morale » à propos du jeu de Rosalyn Tureck, de liturgie aussi ; il aimait chez Stokowski l'« extatique ». Il pensait que l'usage de la pédale dans Bach était une sorte de « profanation ».

Reprenons un à un ces éléments, et d'abord, la question du texte. Gould ne visait pas l'inattendu, seulement l'inentendu. Pour cela, il n'hésitait pas à changer le texte. Ne parlons pas des cas douteux où l'on ne sait s'il s'agit de fausses notes ou de liberté prise, comme à la mesure 10 des *Variations* opus 27 de Webern données en concert à Moscou (Gould joue un *do* bécarre au lieu d'un *do* dièse), et n'examinons que les exemples patents. Ainsi, dans la *Burlesque* de la *Partita* en *la* mineur de Bach, il ne joue pas les octaves qui sont écrites, jugées trop prosaïques harmoniquement, mais des sixtes ou des dixièmes. Dans le *Menuet* de la *Partita* en *si* bémol majeur, il décide de faire à l'octave la première reprise. Autre exemple : dans sa transcription de la *Valse* de Ravel, il écarte le *pianissimo* initial voulu, pour un *fortissimo* impressionnant.

Parfois, cela allait beaucoup plus loin : il jouait Mozart tel qu'il aurait voulu qu'il soit, multiple, polyphonique et sans chair, réduit à l'essentiel. Un arbre défeuillé, un entrelacs de lignes sans épaisseur ni couleurs.

Mais que lui reproche-t-on quand on parle de son infidélité ? S'agit-il de solliciter la partition pour lui faire dire autre chose que ce qu'elle dit manifestement ? Sans doute, mais quel pianiste, quel interprète ne procède pas du sens manifeste au contenu latent, sans d'ailleurs sacrifier le premier au second ?

Parle-t-on d'effets de séduction visant à substituer son propre moi à l'œuvre et à sa *Selbststandigkeit* (cette impression qu'elle donne d'aller « de soi ») ? Ce n'est pas un reproche que l'on peut faire à Gould. Serait-ce de méconnaître les indications, qui, comme leur nom le montre, ne sont pas des signaux imposant une marche à suivre, mais des signes, voulus et précisés certes par le compositeur, mais qu'il est loisible de méconnaître, de transgresser, voire d'inverser ?

Le témoignage du compositeur canadien Jacques Hétu sur l'interprétation que fit Gould de ses *Variations* pour piano est ici éclairant. D'un passage dans lequel Gould avait systématiquement inversé les indications, remplaçant le « *fortissimo, crescendo,* triple *forte* » écrit par « *fortissimo, decrescendo, piano* », il dit que le résultat est « très logique, très musical et très beau ». Le compositeur résume ainsi les déformations apportées par Gould : « Un négatif de l'image originale. » On notera que le négatif est lié à l'image par des lois, des rapports, et qu'il n'est pas invention arbitraire. À cet égard, s'il arrive à Gould d'enfreindre les règles (par exemple celles de l'ornementation baroque), il savait précisément à quelles règles il passait outre.

De plus, les libertés qu'il prenait apparurent surtout critiquables dans Mozart et Beethoven. Dans

Bach où les indications de phrasé ou de tempo sont quasiment inexistantes, et dans la musique baroque en général, elles furent mieux acceptées. La raison en est que la musique polyphonique appelle ce type de jeu ouvert et que la musique mélodique contraint à une « vérité » d'énoncé beaucoup plus grande. La partition n'est pour lui qu'un des paramètres de l'interprétation. Il en est d'autres : la qualité de l'instrument, l'acoustique de la salle, les intentions du pianiste, qui peuvent amener à contredire le texte, comme Gould le fait, doublant ou dédoublant les octaves, altérant les tempos, omettant des reprises, changeant l'agogique et la dynamique.

Souvent, d'ailleurs, il construisait plusieurs possibles d'une même page et choisissait ensuite la plus appropriée aux circonstances. Un jour, il laissa à un enfant de dix ans, David Loebel, le soin de choisir laquelle de deux articulations d'une phrase de son *Quatuor à cordes* que répétait le Symphonia Quartet était la plus juste. Une autre fois, pour le *Cinquième Concerto* de Beethoven qu'il enregistrait avec Stokowski, il proposa deux tempos très contrastés : l'un, rapide, brusque, affairé, le second lent et majestueusement mélancolique. Le chef préféra ce dernier et le disque fut gravé ainsi.

Ou encore, et bien que Bach n'en précise rien, Gould pouvait exposer le sujet de la fugue en *la* mineur du *Premier Livre* du *Clavier bien tempéré* en lui conférant par le jeu *staccato* « une impression générale de légèreté, de transparence, d'espièglerie », l'autre « pompeuse, tragique, d'une texture épaisse ». Finalement, les deux versions que leurs tempos rendaient parfaitement superposables note à note, furent mêlées au montage final, la seconde utilisée pour toutes les expositions ou réexpositions du thème initial, la première pour les réponses et les thèmes latéraux.

Gould falsificateur ? Il disait qu'il entrait dans les studios d'enregistrement un peu comme un acteur qui doit jouer dans un feuilleton télévisé, ignorant tout du texte qu'on va lui faire dire, et l'oubliant sitôt la caméra arrêtée. Il arrivait en effet avec quatre ou cinq conceptions possibles, toutes légitimes, entre lesquelles, en cours d'exécution, et surtout de montage, il choisissait. Il concevait la beauté comme collure et coupure, montage et démontage, esthétique chirurgicale, et la technique, en tant qu'appareil servant non à reproduire l'information mais à la falsifier dans le sens de l'art. Le studio était pour lui un instrument, exactement comme un piano. Tout était interprétation.

La seule excuse, disait-il encore, qu'on ait à enregistrer une œuvre est de le faire différemment. On pourrait – et toute la question Gould est là – se demander différemment de quoi ? des autres pianistes ? des intentions du compositeur ? de la tradition ? du bons sens ? de soi-même antérieurement ? (L'*Aria* des *Goldberg* de sa première version dure 1.51, celle de la seconde, 3.04. L'œuvre entière est jouée respectivement en 38.17 et 51.14.) Gould cultivait en fait toutes ces différences. Mais ce qui retient surtout dans la formule, c'est le mot excuse, par lequel il exprime sa conception puritaine de l'art, chose toujours quelque peu diabolique, dangereuse et pécheresse, rachetant par la pureté de sa visée l'obscurité terrestre de ses moyens.

Une œuvre nous parvient toujours recouverte par des couches de gestes interprétatifs, ou vêtue de la robe empesée de la tradition. Il faut la dénuder. Mais l'iconoclaste n'est pas celui qui brise les images pour se distraire et jouir du beau désastre de leurs morceaux épars. Il veut que rien, et surtout pas l'image, ne l'égare dans son adresse au divin.

Gould n'était pas un surréaliste en mal de provocation, mais une sorte de cathare de la musique. Son retrait fut conséquent avec ce constat : les salles ne sont pas le meilleur endroit pour écouter de la musique, à cause de la présence des images, et de l'absence de solitude qu'elles impliquent. Le concert lui semblait immoral, parce que la musique, comme Dieu, ne souffre pas la représentation. Le mot « hédoniste » était une insulte sur ses lèvres. L'art pourrait bien incarner le mal. Jouer en public, c'est jouer pour le public, et donc être joué par lui, devenir son instrument. Une ruse du malin. « L'artiste, disait-il, est un être en danger. »

Ce n'est certes pas lui qui aurait eu des traits

rubannés, ou pris avec le rythme des libertés d'après boire ou d'avant étreinte. Son piano n'était pas de salon ou de boudoir. Il n'appartenait à aucun lieu précis, un espace de studio faisant l'affaire aussi bien que n'importe quelle pièce où vous décidez de l'entendre. Gould avait le discernement exaspéré de ceux qui veillent dans la nuit. Il ne confondait pas l'inconnu avec l'impénétrable, ni l'incertitude avec le vague.

12

Il n'aimait pas jouer des concertos, et lorsqu'il le faisait, par exemple avec l'Orchestre philharmonique de Berlin dirigé par Karajan, pour le *Concerto* en *ré* mineur de Bach, il noyait le piano en le disposant sur la scène au milieu des cordes. De même, en mai-juin 1959, il donna à Londres avec Josef Krips une intégrale des *Concertos* de Beethoven qui rompait avec les relations traditionnelles entre soliste et orchestre, métaphore romantique du conflit entre l'individu héroïque et les masses subalternes. Quand il enregistra le *Cinquième* de Beethoven avec Stokowski, en mars 1966, il voulut faire « une symphonie avec piano obligé ».

Quitter la scène, c'était aussi quitter toute une conception de la musique, jouée en concert ou non, comme scénique, crise et dénouement, tension et détente, thèmes masculins et féminins, conflit et résolution : tout cela éloignait Gould de certaines formes. Mais s'il a renoncé à la scène, c'est peut-être en devenant lui-même scène. Ahanant, peinant, geignant dans son labeur extatique, il forme une sorte de figure mythologique d'homme accouplé à son Steinway. Il est tout, alors : homme et femme, père et mère, animal et humain, être et chose, parent et enfant. Il ignore les divisions. (Il faudrait bien parler de l'obscène de la musique, de cette chose solitaire qui égare, voile le regard, dans une hébétude indifférente à tout ce qui n'est pas elle, cette chose que l'on fait avec les doigts, la bouche, le souffle, la pesée des genoux, les battements de pieds.)

Il a des mots très durs pour qualifier le concert « abjection morale, déguisement, position de pouvoir et de domination du soliste, dépendance servile du public ». Toujours la scène a pour lui des relents de scène capitale ou de scène primitive. Il y voit du sang, de la sueur. Le récital ? « Un rassemblement de gens assis là avec la sueur des deux mille neuf cent quatre-vingt-dix-neuf autres pénétrant les narines de chacun. »

Il refusait le conflit, probablement parce qu'il n'était pas à la mesure de sa violence.

13

Il voulait changer le temps qui passe et ignorer le temps qu'il fait. Son usage privé du temps l'amenait à vivre la nuit, à s'emmitoufler dans la touffeur de juillet, à aimer fraternellement les musiciens qui se tinrent à l'écart de leur époque, comme Richard Strauss, Schönberg, ou même Bach. Intemporel et intempestif, l'interprète est avant tout celui qui représente, rend présent ce qui était absent. Hors de la présence de l'objet (la partition), il en donne une actualisation, une image qui ne dissipe pas plus son absence qu'un mot n'abolit la chose qu'il désigne.

Mais chez Gould, l'usage du temps musical est très spécifique. Furtif et fier, exact et prompt, conduit par un élan – on pourrait dire, comme d'une douleur, un élancement – jamais assouvi, son jeu possède une qualité agogique rarement atteinte par d'autres pianistes. Toujours le mouvement, la pulsation condamnée à son objet comme une pulsion, tient l'auditeur dans la perspective d'un trajet nécessaire. Sous ce battement de l'inéluctable, on entend un saisissement – l'être tout ensemble saisissant et saisi – la musique sous ses doigts est mue, poussée, projetée vers l'avant. Un avant qui est autant sa source que son avenir. Gould avait une manière étonnante – au sens ancien – d'entrelacer les temps, de rattraper l'attente dans l'ivresse.

Le temps, cette « distension de l'âme », disait saint Augustin, était la matière sur laquelle Gould travaillait, avec l'impatiente patience de l'apprenti, le savoir ignorant du maître. Peut-être est-ce en cela qu'il n'était pas de notre temps. Dans le premier mouvement de la *Sonate* en *la* majeur K. 331 de Mozart, Gould relie les six variations les unes aux autres par une légère accélération du tempo d'une variation à la suivante. La conséquence est que le tempo du thème initial est extrêmement lent et que l'*Adagio* de la cinquième variation devient un *Allegro*. Cette conception peut n'être pas conforme à ce que Mozart pensait ou à ce que l'auditeur attend, mais il est un reproche qu'on ne peut lui faire, c'est l'incohérence interne. Le parti est arbitraire, mais conséquent, consistant. C'est que le tempo n'est qu'un aspect de la temporalité musicale parmi d'autres : le phrasé, la rigueur rythmique, l'articulation. L'important n'est pas forcément de jouer plus ou moins vite tel ou tel mouvement, mais de l'articuler de façon la plus convaincante possible, ce qui, compte tenu de l'instrument et de la réverbération de la pièce où l'on joue, dicte pratiquement le choix d'un tempo particulier.

Ainsi, lorsqu'il enregistra les *Suites françaises* de Bach en novembre 1972, juste après la réparation de son piano, la sonorité de celui-ci étant devenue plus épaisse, Gould prit le parti de jouer l'œuvre plus lentement que par le passé. Lorsqu'il faisait répéter son *Quatuor* par les membres du Symphonia Quartet, à l'automne de 1959, le violoncelliste, Thomas Liberti, exaspéré par les explications de Gould, s'écria soudain : « Écoutez! ça suffit! Dites-nous seulement comment vous le voulez, lent ou rapide. » C'est que Gould ne concevait pas un tempo en soi, mais accordé à tel ou tel concept de l'œuvre. « Ce n'est pas le concept qui découle du tempo, mais l'inverse. Le tempo importe peu, du moment qu'il existe une unité organique entre les motifs. »

Dans le concert, ce que Gould fuyait était avant tout une certaine temporalité. Il disait détester le temps du concert, ce temps irréversible et orienté, axe selon lequel se déplace le concertiste. Schumann aussi avait en haine de devoir jouer ou de s'entendre joué en public. Comme s'il craignait qu'une fois au-dehors, extériorisée sur une scène, la musique ne disparaisse. Ferdinand David, *Konzertmeister* de l'orchestre Gewandhaus, le montre dans une telle circonstance en 1842 : « Hier, Schumann était à mes côtés, et pendant une heure, communiquait silencieusement quelque chose que je compris comme un désir d'entendre sa *Première Symphonie* encore une fois en public. Je lui proposai de venir pendant la répétition des cuivres, mais par des gestes il me fit savoir qu'il voulait payer les musiciens pour répéter son œuvre en entier. Puis il fuma deux cigares, passa sa main sur sa bouche deux fois, comme si une syllabe voulait sortir, prit son chapeau et ses gants, fit un signe de tête, se dirigea vers la mauvaise porte, puis vers la sortie et disparut. »

Parfois, Gould aurait voulu – désir, disait-il, sur lequel la psychiatrie aurait sans doute beaucoup à dire – se lever de sa chaise en plein milieu de la représentation et crier : « Deuxième prise, on recommence. » Cependant, il avouait aussi que la seule chose qui aurait pu le ramener au concert, comme spectateur, aurait été l'exécution d'une œuvre inaccessible au disque ou à la radio : « Alors, je prendrais des tranquillisants pour calmer mon angoise d'être là pendant une heure ou deux, de disparaître de ma vie propre. »

Ce qu'il aimait dans l'enregistrement, c'était justement qu'il y eût d'autres prises, un temps recomposé, monté, condensé, comme celui des rêves.

Il savait pourtant que la vie ne laisse pas de seconde prise. Mais il ne voulait pas le savoir. (Peut-être le jeu avec le tempo, toujours à l'envers des idées reçues, ou à l'opposé du tempo précédemment adopté dans une autre prise de la même page, était-il une forme de ce refus.) Il aimait dans le studio cette possibilité de retourner le temps sur lui-même. (La musique, c'est cela, retourner le temps sur lui-même. Cette folie de s'en rendre maître nous guette quand nous jouons : le choix d'un tempo pour fuir l'*hora incerta*, le *rubato*, un temps volé à la mort, qu'il faudra bien lui rendre.)

Ses interprétations, pourtant jamais instantanées, mais retravaillées après coup, ont une force de présent qui les singularise. Présent historique, d'abord. Peu de pianistes parviennent comme lui à nous faire contemporains d'une *Fantaisie* de Sweelinck ou d'une *Pavane* de Gibbons. Présent psychologique, ensuite. Quand il joue – est-ce une conséquence du fait qu'il travaillait très peu les œuvres avant de les enregistrer ? –, on pense qu'il n'a pas répété, qu'il ne répète pas, qu'il est là. Le discours est toujours dans sa source, une constante énonciation qui parviendrait à se maintenir pure de tout énoncé. Un temps hors du temps ; non pas le temps arrêté de celui qui attend, ni le temps effondré de celui qui s'angoisse. Un temps libre et plein, aussi habité que celui des *Quatre Quatuors* de T.S. Eliot.

On peut aimer davantage le piano d'Arturo Benedetti-Michelangeli, qui semble venir d'un autre temps, et parler toujours au passé composé, ou celui du dernier Richter, où paraît s'énoncer une attente, cette nostalgie du futur qui l'accompagne dans ses dernières apparitions (des portes s'ouvrent alors en soi, découvrant des chambres qu'on ne savait pas) ; mais cette façon qu'avait Gould de jouer au présent dispense une lumière définitive qui fait venir aux lèvres les mots usés d'innocence, d'ange.

14

Gould s'est toujours refusé à enseigner ses conceptions et n'a pas laissé de traité d'interprétation, mais si l'on voulait lui en prêter un, son premier précepte serait d'oublier que l'on joue du piano : que rien de spécifiquement pianistique ne vienne s'immiscer dans le jeu (les doigts ne pensent pas, et quand ils ont des idées, ce sont toujours des idées « nauséeuses »).

Se tenir à l'écart, pour mieux toucher, telle est l'esthétique de Gould. Une esthétique du retrait, proche de la conception de l'ermite cistercien Thomas Merton. À l'écart des hommes, à l'écart du piano lui-même. Il ne touchait pas son piano plusieurs jours avant ses enregistrements, et disait : « Ce n'est pas avec les doigts, mais avec le cerveau qu'on joue du piano. » Il y a une sorte de lutte entre l'image mentale de ce que l'on joue et la servitude tactile de sa mise en œuvre, et quand on s'affranchit de celle-ci, l'image n'a pas été « confrontée au clavier, distraite de la pureté de sa conception ». Il disait encore que « le secret pour jouer du piano réside partiellement dans la manière dont on parvient à se séparer de l'instrument ». Retraçons les moments de cette séparation, les techniques pour dissocier le piano de la musique.

Le choix du piano, instrument solitaire, n'en est que le premier pas. Le choix d'œuvres pour piano seul – peu de musique de chambre et une grande défiance vis-à-vis des concertos qu'il ne jouait d'ailleurs le plus souvent que « seul », ignorant le tempo du chef et les sollicitations de l'orchestre – sont le deuxième pas. Ne jouer du piano que contre le piano, est la séparation la plus décisive. Elle consiste à jouer au piano de préférence des œuvres qui n'ont pas été écrites pour lui, mais pour le virginal (Gibbons), le clavecin (Bach) ou l'orchestre (Beethoven, Wagner, *Quintette* de Bruckner, *Symphonies* de Sibelius). Ou bien à ne presque jamais jouer les grands compositeurs du piano (Schubert, Liszt, Schumann, Chopin – encore que Judith Perlmann l'entendit jouer les deux derniers : de Chopin, la *Sonate* en *si* mineur).

Mais cela ne suffit pas. Il faut encore jouer du piano comme si ce n'était pas un piano, mais un quatuor à cordes, un orgue ou un clavecin, et oublier de quoi le son propre du piano est fait, chercher des phrasés de violoncelle, lier par « coups d'archets ». Ou encore, préférer un instrument qui ne sonne pas vraiment comme un piano (presque tous ses enregistrements furent faits sur un Steinway dont le son transparent était peu pianistique). Souvent il faisait des gestes de la main, qui n'était pas occupée à jouer, se dédoublant, un instant, devenant chef d'orchestre invitant les violoncelles à mieux phraser, ou le hautboïste à articuler plus finement les notes répétées.

Gould appelait « désorchestrations » ses transcriptions de Wagner. Qu'il ait entendu « déclaveciniser » Bach ne lui sera pas reproché, mais qu'il ait « dépianisé » Mozart ou Beethoven à ce point a paru insupportable à beaucoup.

Le choix d'un jeu très dépouillé, détaché, *staccatissimo*, s'inscrit dans une sorte de conception de la musique « au-delà du principe de piano ». Quand il joue, même si le son est d'une beauté à couper le souffle, d'une inventivité rythmique confondante, on sait immédiatement que l'on se trouve en quelque sorte hors du piano, tout en étant en son cœur.

Schumann, à la fin de sa vie, avait connu la même tentation de se retirer des sons pour entendre la musique. « Habituez-vous à penser la musique en vous, sans l'aide du piano, écrivait-il en 1852 à Desbrois van Bruyck. Ainsi seulement, la source mentale s'écoule avec une pureté, une clarté toujours plus grandes. Vous devez écrire, mais peu. La chose la plus importante pour le musicien est l'oreille intérieure. »

Un savoir formel sur une matière énigmatique, tel est l'enjeu des interprétations de Gould. Donner à penser, plus qu'à entendre. Dissocier les parties de son corps, se dissocier de son corps, étrange entreprise pour un musicien. Gould pourtant la revendique hautement : « J'ai besoin d'avoir le sentiment que ce ne sont pas mes doigts qui jouent, que ceux-ci ne sont rien d'autre que de simples extensions indépendantes qui se trouvent être en contact avec moi à un instant précis. Il me faut trouver un moyen de me distancer de moi-même tout en étant complètement engagé dans ce que je fais. » Le regardant jouer, on est surpris de l'immédiateté de son approche, comme si ses doigts ne touchaient plus les touches, mais la musique. On sait pourtant que cet état où nous convient les plus grands interprètes de n'avoir plus de relations qu'à elle, de s'affranchir de l'instrument ou de l'orchestre ne s'atteint qu'au prix d'une attention extrême aux médiations instrumentales.

L'esthétique de Gould est heuristique : elle enlève, alors que « l'instinct premier de l'interprète est d'ajouter, pas d'enlever ». Défiance de l'inspiration, du premier jet, interprétations longuement méditées, auxquelles il laissait la chance de l'après-coup, sans doute. Gould, c'est une manière d'être au piano, plus que de jouer du piano.

Mais il y a davantage; un vœu de dépouiller les masques, un refus de l'immédiat. Tout le paradoxe tient à ce que ce soit à travers une formidable accumulation de médias et de médiations qu'il construisit des interprétations si immédiates.

Un seul exemple. L'*Aria* d'ouverture des *Golberg*. Quoi de plus nu, de moins apprêté, que l'énoncé qu'il en donne, comme si la musique naissait là, sans y penser ? Or, peu d'enregistrements furent autant pensés, pesés, que cette *Sarabande* ingénue. D'abord, Gould inversa l'ordre des choses et n'enregistra l'*Aria* qu'après les trente variations. Ensuite, il fit vingt et une prises de ces quelques mesures, avant de ne garder que la dernière. Pourquoi tant d'efforts, si ce n'est au nom d'une conception de l'art comme recherche du moins, désir du peu ? Il lui aurait été impossible, autrement qu'en « gommant, au fil des prises, toute expression superflue », de situer l'*Aria*, « dans un ordre d'idées suffisamment neutre pour qu'il ne préjugeât pas de la profondeur du développement qui suit dans l'œuvre ».

Il fallait avoir tout joué, parcouru tout le discours, pour pouvoir en prononcer les premiers mots. Son jeu est alors souverain. Il atteint l'essentiel par le détour, et touche la beauté, non par la tension du désir, mais par une sorte d'épurement qui n'exclut ni la méthode ni l'impatience.

Gould voulait entrer plus profond dans la solitude de l'instrument. Jouer nu. L'instrument égare, disait-il. D'où l'effacement de la fonction ornementale, d'où ces ornements chez Bach qu'il joue comme s'ils n'étaient pas des ornements, mais des notes de même valeur mélodique et harmonique que le reste de la phrase, énoncés lentement, presque prononcés, désarticulés, pour en découvrir la nécessité, l'urgence. D'où cette absence de pédale, car la pédale habille, voile, et il voulait que le corps de la musique s'enfonce dans la profondeur comme les corps vont à la mort, nus, dépouillés de leurs artifices, laissés à l'humilité de la chair.

15

Le jeu est un peu vain, encore que plaisant : si c'était... Si c'était un peintre, je crois que ce serait Dürer, pour les lignes conduites par la pensée – un excès de pensée parfois – plus que par la main, pour le poids de la figure qui s'assemble trait par trait, suffocante de signification. C'est une question de détachement.

Il y a deux manières de produire chez l'auditeur l'impression que les notes sont liées les unes aux autres comme les mots d'une phrase entre lesquels on ne reprend pas son souffle (*legato*). Un *legato* de durées (ne lâcher au piano une note que lorsque la suivante est enfoncée, ou maintenir la première en résonance par la pédale de droite), et un *legato* d'intensités (en jouant par exemple la première note un peu plus fort que celle qui suit). La seconde, même jouée après que la première a été lâchée apparaît en continuité. Le premier est un *legato* réel, le second, un *legato* perçu, reconstruit par l'auditeur. (Devrait-on considérer que les liens sont illusion ou que l'illusion est le fil dont ils sont tous tramés, ou encore, que les attaques contre les liens sont attaques contre l'illusion, la capacité de résonance au-delà de la coupure, du vide, du silence ?)

Ce que Gould a laissé est immense et sans poids, plus difficile à nommer qu'à éprouver, et d'autant plus insaisissable qu'on s'en approche. (Le beau est ce sur quoi on ne peut mettre la main, ce qui nous enferme dans son emprise.)

Pour parler de son jeu, je ne sais que quelques mots : lointain, effroi, quelque chose de démesuré. Il nous met à l'épreuve – j'en sais qui ne supportent pas ce son trop transparent, ce piano sublimé, leur peau en est révulsée, leurs doigts se crispent. L'épreuve a parfois quelque chose de terrible, qui me tient souvent longuement écarté de ces sculptures sur vide qu'il nous laissa.

Près de vingt ans de proximité lointaine avec le piano de Gould m'ont convaincu qu'il y avait des pianistes que je préférais, des interprètes se tenant plus étroitement à la vérité du texte. Mais aucun n'a eu sur moi cette force presque d'effraction, toujours ressentie après d'innombrables écoutes. Le temps n'a pas assagi l'intensité, qu'on me passe le mot, de la douleur que son jeu me cause, cette calcination de l'ici-bas, cette façon qu'il avait de se laisser aimer par la musique, sans se garder, tout entier consenti et perdu.

La beauté est intolérable et intolérante. Sans merci, elle fouaille notre regard, séduit nos oreilles livrées, s'empare de nos mots en attente, mélange de foudre et de lenteur. Elle se suffit, se passe de nous, et en même temps insupportablement appelle, veut une réponse que nous ne savons pas. Les mesures d'introduction de la *Sixième Partita* nous donnent cette joie douloureuse, cette fugitive lumière qui nous divise, ce « commencement du terrible » dont parlait Rilke. Quelque chose qui s'efface en s'accomplissant. De simples accords arpégés, pourtant, presque rien, une structure stable, austère et pauvre, qui ne s'ouvre que parce qu'elle nous ouvre. Sûr, sans intention ni calcul, le geste découpe, avec l'indifférence d'un scalpel, une courbe dans la chair ; la mienne, confondue à celle de la musique.

Gould jouait ces quelques mesures d'une articulation à la fois liée et détachée, avec l'insouciante infaillibilité de ceux qui ont longuement dévisagé le souci et droitement accueilli leurs propres failles.

Sa prise sur la musique n'était que sa prise dans la musique. Possédé, jamais il ne jouait comme si la musique était en sa possession, accumulée en lui, rangée ou menaçante, et qu'il suffisait de la faire sortir. Il n'exprimait pas, tel, par exemple, Arrau, la laissant venir, l'accompagnant comme on met au monde un enfant, du dedans vers le dehors, du haut vers le bas. Il la cueillait, la soulevait, ou bien semblait l'attraper au vol. Toujours au-dehors. Il était en elle comme dans un espace dont il ne finirait pas de tracer les contours reculés, et plus il en était proche, plus il la savait, la voulait insaisissable. Dans la familiarité, elle s'éteint. Il savait comme l'origine se dérobe à mesure qu'on la cherche. Oublié le terrible, le beau s'absente.

Pour l'auditeur, il en va de même : le beau se perd dans la reconnaissance, l'aise. À quoi répondons-nous quand nous écoutons de la musique ? Notre écoute n'est-elle qu'une vision dans l'obscurité, un passage de l'autre côté des choses ? Quand on entend Gould, on le devine très proche, mais ce proche n'est alors que l'éloignement du lointain. Personne n'est plus loin que lui, et pourtant rien ne nous sépare.

C'est une question d'adresse. Il y a deux logiques. Celle de l'amour, qui veut que, pour être, nous ne nous croyions pas abandonnés ; c'est ce que dit Leonard Bernstein : « Le problème est que nous, musiciens, nous voulons que tout le monde nous aime personnellement, chacun de ceux qui nous écoutent. » Et puis celle de l'identité, du *self* comme disaient, avant les psychanalystes, les métaphysiciens anglais, qui demande un autre abandon : se rendre à l'anonyme, à l'informulé.

Gould ne s'adressait pas en nous à l'être de plaisir, mais à l'être de pensée. Il faisait à celui qui l'écoute l'amitié de le considérer comme non seulement intelligent, mais capable de penser. Bien plus, peut-être ne s'adressait-il pas à quiconque, mais à la musique seule. Le public, il l'ignorait déjà quand en concert souvent il lui tournait le dos. Jamais on ne peut se dire : il joue pour moi, veut me toucher. Il jouait pour lui, ou pour personne, et cela se manifestait jusque dans la prise de son. Il faudrait parfois parler de « surprise de son », entendu comme s'il ne vous était pas destiné, dans la distance. Jamais il n'induisait une écoute stupéfiée.

Regardez-le parler, écoutez-le jouer. Gould ne se tourne pas vers nous avec de la séduction, de la courtoisie ou du mépris qui en est l'envers, mais nous parle, un peu en avant de ce que nous sommes.

Si à certains moments, on a envie de pleurer ou de mourir devant la beauté que dessinent ses doigts dans le noir, jamais il ne distrait, ne détourne, ne divertit.

Il y a dans le jeu de Gould quelque chose de très mystérieux, dans ce jeu *secco,* très détaché, pointilliste même, à travers lequel une ligne d'une extraordinaire densité, d'une prodigieuse continuité se fait jour. Gould ne lie pas avec quelque chose d'extérieur au son, le fondu de la pédale ou le *legato* de doigts, mais avec des valeurs d'intensité croissante puis décroissante, réalisant des phrasés dynamiques et non rythmiques. Il ne lie pas par contiguïté, mais par la gradation continue de notes toutes détachées. Il évite le dilemme : machine à coudre ou halo vague.

Ce qui lie chez Gould, ce ne sont pas les doigts, mais la pensée, l'absence, le détachement. « L'image mentale relative au toucher du piano n'a pas tant à voir avec la manière de frapper les notes prises individuellement qu'avec ce qui se passe *entre* les notes et le rituel adopté pour aller de l'une à l'autre. »

La ligne est là (le chant) pour celui qui écoute, parce qu'elle était là dans la conception de Gould ; et cependant, entre la musique entendue par l'un et la musique pensée par l'autre, l'une et l'autre coulées d'un même souffle, un hiatus, une construction, une reconstruction. Ce n'est pas d'ailleurs que Gould refusât le *legato.* Mais pour lui, il devait demeurer l'exception, non la matière même du son pianistique. De même qu'on ne saurait être sans cesse dans l'émotion et qu'il faut un fond de détachement pour que nos attachements prennent résonance, de même le *legato* n'a de valeur que dans l'espace du déliement.

16

On n'en finirait pas d'énumérer les écrans que Gould mit entre lui et les autres, lui et les choses, lui et lui-même. Écrans tactiles, ces vêtements enfilés les uns sur les autres, ces gants, mitaines, écharpes, cache-nez, cagoules, manteaux, fourrures. Écrans sonores ou visuels : il accordait ses entretiens seulement par téléphone et, même avec sa secrétaire, ne communiquait que par téléphone ou par écrit. À l'époque où il rencontrait encore ses semblables en chair et en os, il ne les regardait jamais dans les yeux, mais se détournait vers le mur, le plafond. Il était l'homme de la plus grande distance, et aimait la vidéo, la télévision, la téléphonie, la télécopie, la télépathie.

Mais la musique ?

À l'automne de 1958, il se rendit en Israël, où il donna onze concerts en dix-huit jours avec la Philharmonie d'Israël. Le soir d'un de ces concerts, Max Brod, qui avait été l'ami de Kafka et son premier biographe, entra après le concert dans la loge de Gould, accompagné d'une femme qui dit avec un accent yiddish inimitable : « Monsieur Gould, nous avons assisté déjà à plusieurs de vos concerts à Tel-Aviv, mais ce soir, ce fut quelque chose de tout différent. Vous n'étiez plus tout à fait des nôtres, vous étiez... vous étiez... votre être avait comme disparu... »

C'est au cours de cette tournée israélienne que prend place l'épisode souvent commenté de la mythologie gouldienne. Le pianiste dut jouer, tout le long de la série de concerts, sur un piano absolument épouvantable : « une monstruosité », dira Gould, « complètement pourri », « une voiture folle qui allait où elle voulait ». Un soir, il était prévu qu'il change de programme, chose difficile, car, jusqu'alors, il avait constitué une sorte de mémoire tactile compensant les irrégularités du piano. Mais, avec une nouvelle œuvre, le *Deuxième Concerto* de Beethoven, il fallait tout réinventer, trouver une nouvelle *tactilia*. Lors de la répétition de l'après-midi, le piano avait eu le dessus, et Gould avait joué « comme un cochon ». « J'avais joué sur son terrain », dira-t-il plus tard. Il ne pouvait même plus jouer correctement une gamme d'*ut* majeur. Il décida de fuir au bord de la mer, à Herzliyya, s'engagea sur un chemin le long d'une dune de sable et décida de recréer mentalement la plus belle expérience tactile qu'il connût.

Il repensa à son vieux Chickering, trapu, bas sur pieds, et aux côtés presque carrés, mais qui avait été son piano d'enfance, son piano de lac et d'infini, qu'il faisait revivre maintenant en piano de désert et de sable. Enfermé dans sa voiture, il imagina son salon, les murs, la décoration, tout ce qui entourait le piano, là-bas, à la maison qu'il avait quittée plus de trois mois auparavant. Il regarda la mer et retrouva l'image invisible, l'empreinte des doigts sur le clavier, ce mélange de froid d'ivoire et de résistance d'enfoncement.

Il garda la chose en lui jusqu'au concert du soir. Il joua comme il l'entendait, échappant à l'emprise de la bête incontrôlable. Il bougeait ses doigts selon les perspectives de sa mémoire, et non d'après la configuration actuelle du piano. Il parvint finalement à une sorte de sens du détachement, de retrait, non seulement par rapport à l'instrument terrible, mais à l'instrumentalité de la musique en tant que telle, à toutes les images présentes et passées d'un clavier. Il y avait très peu de son, dira-t-il, presque rien. « J'étais surpris, un peu effrayé, puis je compris que c'était l'image tactile autre qui me guidait, me donnait avec l'instrument une autre relation de prendre et donner. » La compagne de Max Brod ne put lui faire davantage plaisir, lorsqu'il eut exécuté le Beethoven, en lui disant : « C'est le plus beau Mozart que j'aie jamais entendu. »

Enfant (il avait douze ou treize ans), il rencontra pour la première fois le contrepoint. Ce n'était pas Bach, mais la *Fugue* en *ut* majeur K. 394 de Mozart.

Il travaillait cette fugue quand soudain la femme de ménage brancha l'aspirateur à côté du piano. Il n'arrivait plus à s'entendre jouer. Mais il découvrit les avantages de cette situation, et sentit ce qu'il était en train de faire : « La présence tactile de cette *Fugue* comme représentée par la position des doigts et représentée aussi par ce genre de son que l'on peut obtenir quand on est sous la douche et que l'on secoue la tête avec l'eau qui ressort par les deux oreilles. C'était la chose la plus lumineuse, la plus excitante que l'on peut imaginer – le son le plus extraordinaire. » C'est alors que la *Fugue* prit forme, s'enleva, quand il eut mis un écran entre Mozart et lui. « Il est bon, dira-t-il plus tard, qu'un processus mécanique vienne s'interposer entre moi et l'œuvre d'art. » Était-ce afin que la musique ne l'absorbe pas ? Ou bien pour qu'existe un écran entre le corps et la pensée ?

Gould semblait parfois considérer que le piano n'était pas son véritable instrument. De 1942 à 1949, il étudia l'orgue. Les parents pensaient sans doute que c'était moins dangereux, plus proche aussi des traditions puritaines. Ce fut à l'orgue qu'il fit ses débuts publics, le 12 décembre 1945 (il avait treize ans), à un concert de la Casavant Society, organisation amicale d'organistes torontois, dans l'Eaton Auditorium. C'est dans cette même salle que plus tard, de 1970 à 1977, il enregistra ses disques pour la marque Columbia. Le programme comprenait deux mouvements de la dernière *Sonate* pour orgue de Mendelssohn, un *Concerto* de Dupuis, la *Fugue* en *sol* mineur de Bach et, en bis, un *Prélude* de Bach.

On imagine un enfant maniant un orgue immense. L'*Evening Telegram* de Toronto parla de « technique éblouissante » et d'« intuition interprétative ». On retiendra du commentaire du journaliste ébloui par cet « enfant, ce garçon dégingandé, souriant et plein de charme », dans lequel il croit déceler un « génie », une seule phrase : « Il touche l'orgue avec le respect qu'il exige. »

À l'époque, Gould méprisait un peu ces camarades de Conservatoire qui jouaient Bach transcrit au piano – ce qu'il fera pourtant tout au long de sa vie, à l'exception d'un enregistrement des neuf premières fugues de *L'Art de la fugue* à l'orgue, réalisé en 1962. Mieux vaut ne pas l'écouter jouant de l'orgue. Ces fugues sont d'une approximation incroyable comparées à la rigueur des quelques-unes qu'il donna au piano dans son récital de Moscou en 1957.

Quant au clavecin, comment s'expliquer que Gould, si exigeant pour le réglage mécanique de ses pianos, ait pu supporter l'horreur sur laquelle il joua quelques fugues du *Clavier bien tempéré* dans les studios de la télévision, émission qui aurait dû demeurer dans les archives ?

L'avantage qu'il voyait au piano sur le clavecin tenait à ce que ce dernier se donne d'emblée comme clair. Il répond, en bonne et franche mécanique, et fait ce qu'on attend de lui, sans mystère ni lutte. Avec le piano, il faut composer. Il échappe, résiste. Gould lui prête ces mots : « Je serais aussi boueux que possible à moins que tu ne m'abordes avec une conception analytique assez claire pour que je sache exactement ce que tu veux. » Le piano ne « répond » pas, il questionne. Gould aimait dans le piano cette invitation à aller au-delà : « Est-ce vraiment cela que tu veux ? » Il est à lui-même son propre obstacle.

Une autre fois, c'était à Kingston, près de Toronto, et Gould avait dix-neuf ans. Il devait jouer la *Sonate* opus 109 en *mi* mineur de Beethoven. Devant l'épouvantable cinquième variation du dernier mouvement, il se bloqua complètement, incapable de trouver un doigté satisfaisant. Les solutions qu'il trouva en ultime recours furent de deux ordres. Externe : il brancha à plein deux radios. Interne au clavier : il joua les mesures de la main gauche très fort, et en permutant les accents, aussi anti-musicalement que possible.

Les deux expédients avaient en commun d'effacer la musique que la main droite faisait entendre. Voici la leçon qu'il en tirait : « Quand vous ne pouvez plus entendre, il n'y a pas de preuve audible de votre échec. » Mais telle n'était sans doute pas la vraie raison. Il lui fallait couper le lien entre le tactile et le sonore pour resserrer celui entre son et pensée, pour donner forme tactile et sonore à la douleur de penser.

Ne plus pouvoir entendre la musique jouée, pour pouvoir la jouer, ne plus s'entendre, être séparé de soi par un dehors intrusif, se décentrer, se dédoubler, projeter sur l'environnement le mauvais jeu, l'anti-musique, le bruit enfin, c'est tout cela qui fit céder le blocage.

Les radios éteintes, Gould revenu au texte, la musique était là. Cette fois encore, il ne s'agissait pas d'abstraction immatérielle – car, s'il avait cherché l'oubli du sonore, il aurait utilisé un clavier muet – mais de retour à la matière, par une autre matière, la plus hostile possible. De même, quand Gould dans le désert israélien cherchait son piano de mémoire, il était aussi dans un autre désert. Il lui fallait ne pas bouger les doigts. Jouer sur une surface, fût-elle plane, comme le font parfois les pianistes, aurait reflété automatiquement la configuration tactile récente à laquelle il avait été exposé.

Dans les deux cas, l'expérience n'était pas intellectuelle. Elle ne concernait pas le recul nécessaire à la pensée pour imaginer l'œuvre dans sa structure avant de la jouer. Elle se limitait aux perceptions sensorielles. La transcendance sonore s'ajoute alors au retrait conceptuel requis pour toute interprétation. Il fallait passer du son immédiatement proche au son désiré, inexistant, mais vers quoi est tendue l'imagination. Il fallait traverser la barrière des sons actuels pour toucher derrière les restes d'un son souvenu : la musique. Le son est alors objet lointain, chose perdue.

Gould avait moins une conception puritaine que mystique de la musique : presque inconnaissable, on ne la touche que par ses deux bords, le bruit et le silence. Dans le désert ou le vacarme, on doit la postuler comme ce qui n'existe si fort que parce que détourné, pouvant faire défaut.

En 1963 et 1964, lassé de la scène, Gould tenta une expérience toute différente, et se fit conférencier dans diverses universités : Cincinnatti, Toronto, et le Hunter College, ainsi qu'au Gardner Museum de Boston. En juin 1964, l'université de Toronto lui décerna le titre de docteur *honoris causa.* La tradition aurait voulu que Gould donnât un bref concert en participation à cette cérémonie honorifique. Mais il préféra un discours consacré aux « Perspectives de l'enregistrement ». Il revint devant le même public le 11 novembre de la même année, à l'occasion de la remise des diplômes de fin d'études. Il tint aux étudiants un propos pour le moins abrupt : « Ne jamais perdre de vue que tous les aspects de la connaissance qui est ou sera la vôtre ne sont possibles qu'en vertu de leur rapport avec la négation, avec ce qui n'est pas ou semble ne pas être. Ce qu'il y a de plus impressionnant chez l'homme, probablement la seule chose qui excuse sa folie ou sa brutalité, est le fait qu'il ait inventé le concept de ce qui n'existe pas. » Gould conjuguait la musique au négatif : ne pas se donner, ne prendre personne, ne pas montrer, ne pas biaiser, ne pas forcer.

Il les entretint encore de la musique comme source

d'effroi, « la moins scientifique des sciences, la moins substantielle des substances... Mais personne n'a jamais réussi à nous dire pourquoi cette chose si peu scientifique et si peu substantielle que nous appelons musique nous émeut et nous affecte si profondément ».

À aucun moment de cette conférence, Gould ne prononça le mot « disparition », mais c'est bien d'elle qu'il s'agissait. C'est sur le négatif, le vide, que la musique se détache, formant une mince cloison entre soi et rien. Peut-être se souvenait-il alors de l'enfant de onze ans qui, écoutant sans rémission le *Quatrième Concerto* de Beethoven, aimait tant ce moment d'angoisse provoqué par l'approche de la fin de la face quand l'aiguille du phono se rapprochait du centre du 78 tours, et que les quatre minutes vingt-cinq secondes fatidiques s'épuisaient, ce blanc soudain dans la musique, cette petite mort, entre les notes.

Gould eut toujours en horreur l'habitude des éditeurs et des interprètes de consteller les partitions de doigtés obligatoires ou recommandés. Un jour de 1981, il retrouva la partition du premier concerto qu'il avait joué, à douze ans, le *Quatrième* de Beethoven, et fut surpris de la voir couverte de chiffres et de marques au-dessus ou au-dessous des notes, qu'il prit d'abord pour des indications de doigtés. Il s'agissait en fait de numéros de téléphone de camarades de

Conservatoire. Aucun doigté n'était inscrit, et ce, dans la partition que sans doute il travailla le plus.

À la fin de sa vie, ce fut son avant-dernier disque, il enregistra les *Ballades* opus 10 de Brahms. Il ne les avait jamais jouées, ni déchiffrées, ni même entendues, à l'exception de la première. Il se borna à lire de temps en temps le texte, pendant quelques semaines, puis, les quinze jours précédant l'enregistrement, le joua quotidiennement deux fois.

Il ne s'agissait pas de méfiance vis-à-vis de tout ce qui pourrait faire obstacle à la rencontre immédiate des doigts et de l'œuvre, mais au contraire d'un refus de l'automatisme physique. Il ne fallait pas exposer trop à la lumière de l'instrument l'image mentale du texte non encore développée. À cet égard, un doigté contraignant interdit de penser, empêche l'invention d'une conception ouverte.

Ce culte de la dissociation, autre forme du détachement, il en fit une méthode consistant à détacher l'empreinte tactile du résultat sonore. « Chaque fois que j'ai besoin d'acquérir rapidement l'empreinte tactile d'une partition nouvelle que j'ai en tête, je simule l'effet de l'aspirateur en plaçant aussi près que possible du piano toutes sortes de sources sonores opposées quelles qu'elles soient. »

Gould racontait avec humour une étrange expérience pratiquée par des chirurgiens dentistes. Le patient était soigné sans les moyens d'anesthésie usuels, simplement en lui faisant écouter la musique qu'il aimait, pas directement, mais masquée par une sorte de « bruit blanc ». Le malade alors, luttant contre le bruit pour rejoindre la musique, en oubliait sa souffrance. Peu importe l'efficacité réelle du procédé. Il devint pour Gould une sorte de mythe personnel lui permettant de penser les rapports de la musique à la souffrance.

Sa conception « an-esthétique » du piano, sa distance envers la sensation de plaisir qu'il donne aux doigts et à l'oreille avaient sans doute une dimension inaperçue, *anesthésique*, ignorant non seulement le plaisir des sens, mais la souffrance qui forme son envers. Souffrance physique dans le cas du procédé dentaire, psychique, dans celui de la musique.

Sur un plan comme sur l'autre, la méthode utilisait en fait, non pas un écran, mais deux : la musique masquait le mal, mais le bruit cachait la musique. Bruit blanc, qui résulte de multiples sons superposés, s'annulant et annulant les autres sons.

Au fond, Gould procédait ainsi, traversant l'épaisseur du bruit pour atteindre la musique (qui n'endort pas la souffrance, mais lui donne forme). Ces bruits, ce sont les traditions interprétatives, les clichés cinétiques, les empreintes, les doigtés. Cette méthode de l'écran, puis du dénudage, il la pratiqua avec constance, amassant les sons qui le séparaient de la musique, les images, les souvenirs (le vieux Chickering), par une sorte d'hyperesthésie provisoire, en un bloc dans lequel son ciseau dégageait le moins dire.

Un peu comme il avait recours à plus de corps pour finalement atteindre à une présence minimale du corps, à une incorporation dans la musique.

On se prend à évoquer le schizophrène Wolfson utilisant les ressources infiniment rusées de transformations de sa langue maternelle, simplement pour ne plus entendre sa mère parler. Lui aussi mobilisait des écouteurs de radio, des livres étrangers, des écrans de mots. Peut-être les interprétations de Gould sont-elles au son du piano ce que les inventions linguistiques de Wolfson étaient à la langue : un triomphe sur la « méchante matière malade » ?

De même que Wolfson substituait aux mots et aux phrases de la langue reçue (l'anglais) une néo-langue faite de pièces détachées, Gould, lui, substituait aux notes écrites d'autres notes (les mêmes, mais autrement jouées, transfigurées). L'un et l'autre procèdent par interprétation, cherchant des équivalents aux éléments du texte initial, mais en conservant l'ossature de la phrase ; ils transposent le lexique, non la syntaxe. Comme Wolfson, il était un prodigieux « monteur » dans l'agencement de la ligne signifiante. Ses enregistrements sont des assemblages, trois mesures de la prise treize venant compenser une octave mal timbrée de la prise deux, un morceau de phrase résultant de la collure de six versions distinctes. Comme Wolfson collait ici trois mots de russe entre un article français et un adverbe espagnol. (Peut-être ces divisions infinitésimales, ces blessures et ces cicatrisations faites au texte sont-elles dans les deux cas des tentatives de s'affranchir de l'arbitraire de la langue dans lequel la pensée perçoit l'insoutenable matérialisation de l'inéluctabilité de la mort ?)

Autre écran donc, plus difficile à déceler, celui d'une sorte de partition mentale utilisée par substitution à la partition réelle pour parvenir, en se détournant de sa lettre, à en rejoindre l'esprit. Par exemple, jouant sa propre transcription de *Siegfried Idyll* de Wagner, Gould dut s'imaginer que Wagner avait un sens pianistique aigu, faire comme s'il avait écrit pour le piano avec justement ce qui ne caractérisait pas : le sens de ses résonances et de ses limites ; comme si, tout en étant Wagner (un grand orchestrateur), Gould se transformait aussi en ce que Wagner n'était pas (un compositeur du piano). C'est cette partition imaginaire que Gould a laissée au disque. On le voit, même au-delà des transcriptions existantes en tant que telles (les Wagner de Liszt), ou de celles que Gould jouait en privé (il avait transcrit presque tout Sibelius et Strauss qui écrivirent peu pour le piano), pratiquement toutes les interprétations de Gould (même les pièces écrites pour le piano et jouées au piano) sonnent comme des transcriptions. Le matériau instrumental est toujours transposé, dénié, traduit, sublimé au profit d'un piano imaginaire. Cette partition imaginaire est plus réelle que la vraie, de même que les sons imaginaires qu'il atteignait derrière le bruit de l'aspirateur ou de radios jouant à plein volume sonnaient mieux. « L'oreille interne de l'imagination est un stimulant beaucoup plus puissant que tout ce qui peut provenir de l'observation extérieure », écrivait-il.

Il eut, dit-il, une indélébile expérience musicale. C'était à Berlin, il entendait Karajan diriger la *Cinquième Symphonie* de Sibelius. Gould ne voulut pas s'asseoir dans le public, mais se réfugia derrière la paroi vitrée de la cabine d'enregistrement donnant sur la scène. En janvier 1960, il assista à un concert d'Arthur Rubinstein à Toronto. Il ne put pénétrer dans la scène, saisi d'horreur. Il erra entre coulisses et couloirs. À la fin Rubinstein lui demanda : « Pourquoi n'avez-vous pas pris un fauteuil à l'orchestre ? » Gould répliqua : « Au contraire, Maître, je préfère toujours écouter des coulisses, de loin. »

La musique sépare : « Lorsque des bribes de musique me pénètrent l'esprit, j'ai une curieuse façon de perdre le contact avec moi-même, de m'abstraire d'une conversation et de tout ce qui se passe autour de moi. » Peut-être pour cette raison faut-il que rien ne sépare de la musique. Ni le public, ni la partition (Gould détestait jouer avec la partition), ni l'instrument. Ni même le son, le dernier écran.

Quiconque joue du piano connaît par instants cette tentation qui fut la sienne : jouer du piano comme

Loujine joue aux échecs, dans le roman de Nabokov : n'avoir plus affaire qu'à des éléments immatériels, impalpables, inexistants. Loujine rêve d'une partie d'échecs sans échiquier et Gould d'un piano sans piano.

Il lui arrivait même dans ses écrits de lâcher un signe de cette passion refusée. Il disait aimer chez Schnabel « la volonté de se garder presque totalement inconscient des ressources propres du piano ». Le piano était-il l'inconscient de Gould ? Un jour, il s'abandonna : « Je ne joue jamais. À peine une ou deux heures, une fois par mois. Pour le contact. Mais parfois, je dois toucher le piano, ou bien, je cesse de dormir correctement. »

Mais croit-on qu'un ennemi du piano aurait loué Sibelius de ne jamais écrire « contre le grain du clavier », ou aurait aimé cette texture singulière de ses *Sonatines* opus 67, lui confiant ce que seule elle pouvait dire, l'intime déchiré ? L'aurait aimée justement pour ce qu'elle est, et non pour ce que le postromantisme voudrait en faire : un substitut de l'orchestre ?

On peut se demander si Gould n'a pas construit ce système de « l'homme de communication pianiste par accident » pour masquer aux autres et à lui-même cet attachement corporel si douloureux à l'instrument. Gould, certes, jouait *contre* son piano, mais « tout contre », pour lui appliquer le mot célèbre. Il possédait le savoir de ses entrailles, de sa méchanceté retorse, de sa séduction captieuse.

À de certains moments, on le surprend, identifié, non au piano, mais à ce qui était en souffrance à l'intérieur, un peu comme jadis le poisson pêché dans le lac Simcoe contenait l'indicible sous l'irisation de son ventre agité de soubresauts : un instant, il avait été cette impossibilité, cette détresse. Ou bien, regardant la brillance de son Steinway, le miroitement des touches, et tout ce sombre, cet insondable, c'était le lac lui-même, ses reflets alternés, qu'il revoyait, troué par le bruit mort du liège des filets descendus dans l'eau, espérant et redoutant à la fois ce qui allait sortir du noir.

17

Un jour de mars 1957, Gould jouait le *Deuxième Concerto* de Beethoven avec l'orchestre de Cleveland dirigé par George Szell. Il utilisait beaucoup la sourdine, comme toujours dans le premier Beethoven ou dans Mozart, afin de rendre le son moins épais, plus transparent. Mais Szell n'apprécia pas cette façon de faire, s'arrêta et dit : « Monsieur Gould, je ne comprends pas pourquoi vous utilisez la pédale douce. Ce n'est pas nécessaire, cela donne un son très féminin » ; Gould répondit : « Eh bien, docteur Szell, je préfère un son très étroit, qui atténue les tensions, si je puis dire. Si vous voulez que je joue un peu plus fort, je le ferai, mais en gardant la sourdine enfoncée. »

Quelle est la couleur de la distance ? Gould détestait les couleurs, et ne pouvait ni travailler ni penser clairement dans une pièce aux couleurs vives. À peine s'il tolérait le gris et le bleu nuit. Le soleil le rendait triste. Il rejetait le concert parce qu'il faisait la part trop belle au visible. Exhibitionnisme du soliste, voyeurisme du public, disait-il. Il aimait surtout les musiques dans lesquelles la couleur (timbre, instrumentation) n'est qu'un moyen de rendre actuelle, audible, la structure que la partition dessine au trait. Cette opposition entre musique de la couleur et musique de la structure l'amène à décolorer Mozart et à vomir les musiques dont la seule structure, la seule raison d'être est la couleur (Bartók, Stravinski). Pour lui, deux conceptions s'excluaient : timbre-instrument-plaisir-théâtralité d'une part, et forme-écriture-pensée-méditation d'autre part. Il aimait que la sonorité soit imaginaire, et était à la recherche du son qui n'est pas. Du son, non pas perdu, mais absent.

Il allait presque jusqu'à une sorte d'exclusion entre la musique et le son, entre l'idéal et le piano : « Il faut avoir une conception d'avance et une expérience extra-tactile de la musique de telle sorte que ce que fait le piano ne puisse y faire obstacle. Dans mon propre cas, le moyen d'y parvenir est de passer le plus clair de mon temps loin du piano, ce qui peut être difficile, car on veut parfois entendre comment ça sonne... La complétude analytique n'est possible que si l'on se tient à l'écart du piano. »

Chaque pianiste a son sens des couleurs et des lignes, sa façon d'opposer des valeurs, non au sens du solfège, mais du peintre. Gould, tout en travaillant sur la durée, semblait avoir définitivement traduit dans son idiome le principe que Wagner place au centre de l'esthétique initiatrice de *Parsifal* : « Ici, le temps devient espace. » Regardant Gould jouer, on songe à un mineur creusant ses galeries, à un sculpteur polissant un arrondi. Il semble tailler la matière sonore, avec l'impossibilité de reprendre ou de se reprendre qui rend le geste si fragile, et si définitif à la fois. Quelqu'un qui touche à la matière, pour l'organiser et en extraire des choses précieuses, des éclats de beauté dégagés de leur gangue obscure.

La technique d'enregistrement éloignant ou rapprochant tel sujet à l'aide de potentiomètres participe de la même conception tactile et spatiale de la musique à la recherche d'une transparence analytique : que la couleur ne soit pas obstacle à la perception des volumes.

Gould n'était pas de ces pianistes coloristes. Ses *Goldberg* enregistrées à Salzbourg en 1959, son *Premier Concerto* de Brahms sont d'une palette serrée, pauvre. Une gamme de gris. Mais il savait aussi nuancer les timbres où il le jugeait nécessaire. Sa *Troisième Sonate* de Scriabine enregistrée fin janvier 1968 se déplace dans une subtile gamme de noirs et de cendre dorée.

En fait, il travaillait dans un registre à trois dimensions. On ne saurait rendre compte de l'énoncé d'un phrasé (le début de la *Sixième Partita*, celui de l'*Aria* des *Variations Goldberg*) en termes de lignes ou de couleurs, mais de géométrie dans l'espace, de courbures du temps. De même, l'absence de recours à la pédale sert à ce que le son ne soit pas prolongé, qu'il s'éteigne ou meure sitôt quittée la touche, mais qu'il s'inscrive dans l'espace, et que la perception de cet espace, de ses étagements, de sa profondeur, ne soit pas masquée ou altérée par les effets du temps.

Gould était à la recherche de quelque chose d'impossible, qu'il nomme, à propos des *Variations Goldberg*, l'« incorporalité » de la musique. La musique selon lui – la musique tout court ? – est tension entre deux pôles : la complexité algébrique, mouvement de la pensée vers davantage d'éloignement, et l'élémentarité immuable cachée dans les sons. Je ne sais plus ce qu'il faut dire. Croire, comme il l'affirmait, que dès qu'on se met à l'instrument, dès que la musique s'incarne, alors se referme sur elle un espace fini, s'annonce une déficience, une privation, une déchéance inévitable ? Qu'elle disparaît dans son apparence ? Ou bien penser, comme le jeu de Gould m'en persuade, que c'est seulement dans cette dépravation que quelque chose commence à être ?

La musique ? Des cordes soumises à des tensions incroyables, des étirements de peaux, des colonnes de vent emprisonnées dans des tuyaux de métal, des anches que le souffle fait trembler. Toute cette vibration mathématique de la matière pour seulement déplacer un peu d'air selon certaines fréquences. Et c'est cette pauvre chose qui rend audible le déjà plus et le pas encore ; qui cause une infime et immense vacillation de l'espace sur lui-même.

On comprend mieux l'affection de Gould pour Bach, qui transcende le clavier et survit à toutes ses incarnations instrumentales. La musique doit nier l'instrument, lui être aussi indifférente qu'à Dieu celui qui le sert. Que la note provienne du frottement d'un plectre, de la frappe d'un marteau, ou de l'ouverture d'un tuyau au souffle qui le traverse, la musique est ailleurs.

C'est que les limites de l'instrument excluent tous les autres possibles de l'œuvre et ravalent l'idéal à sa transitoire incarnation. Gould jouait le premier mouvement du *Deuxième Concerto* de Beethoven avec l'*una corda* pour rendre le son plus léger, plus pénétrant, et il aurait voulu que ses enregistrements de Beethoven possédassent le son de ceux de Schnabel, pauvre en harmoniques. À quoi son ingénieur du son répondit : « Vous n'avez qu'à les écouter au téléphone sur un appel à longue distance. » J'aime cette réponse qui allait au cœur de la physique et de la métaphysique gouldiennes, communiquant par sa musique, avec autrui et avec lui-même, de loin. J'aime cette idée que la musique puisse finalement n'être que cela : un appel de longue distance. On joue, on ne sait qui on appelle. On ignore qui appelle en soi. Une simple vibration de l'air entre deux lointains, une ligne bruissante joignant deux êtres dont on ne sait rien, sinon qu'ils sont perdus.

Une distance si longue certains jours qu'il ne reste qu'elle, comme si la douleur, ou simplement l'intention de l'appel s'apaisait, à force de beauté, de froid, d'éloignement.

C'est une vieille question de pianistes : le son doit-il avant tout être beau, ou être vrai ? Certains pianistes ont le son beau (Arrau, Lupu), d'autres, le son vrai (Richter, Petri), d'autres encore, à la fois vrai et beau (Novaes). Gould, c'est autre chose : un son qui est, et qu'aucun adjectif ne saurait qualifier. La désincarnation du son n'est pas contradictoire avec la densité de la phrase; Gould veut dépouiller la musique de sa chair pour faire voir en pleine lumière son architecture indifférente aux couleurs, sa beauté d'os.

L'écoutant, parfois, c'est vrai, on sort brutalement dégoûté de tant d'immatérialité, ou bien on s'accroche aux éclats de voix, ces restes d'un autre chant, malhabile, inavoué. Ce sont les plaies du sublime, par où l'on redescend au corps. Alors, on se dit que c'est bien hérétique de croire à la résurrection, mais d'en exclure la chair, et bien fou de vouloir s'évader de la prison de la résonance, s'évader du corps de la musique. À ce compte, la craie blanche salit la figure de géométrie qu'elle trace.

18

Gould n'aimait pas que l'on fasse référence au sexuel. Il loue Barbra Streisand pour son sens d'une grande intimité qui ne recherche jamais ouvertement le contact sexuel. Il critique Joan Peyser pour ses « investigations répétitives, malséantes et finalement stériles dans le domaine des préférences sexuelles de Boulez ». Il ne pardonna jamais à George Szell de lui avoir reproché comme « efféminée » son approche de la dynamique et du timbre du *Deuxième Concerto* de Beethoven. « J'avais le sentiment qu'il pensait à une connotation sexuelle dans toute cette affaire, mais je fis semblant de n'avoir rien remarqué et répondis : " Je suis désolé que vous pensiez ainsi, mais c'est comme ça que je joue le premier Beethoven. " » Il disait de Sibelius qu'il aimait en lui « le passionné antisensuel ».

Ce n'est certes pas lui qui aurait dit comme son collègue pianiste Arthur Rubinstein : « Quand je joue, je fais l'amour, c'est la même chose. » Ce qu'il semblait fuir dans l'instrument, c'est son caractère sexué, sinon sexuel. Il n'aimait pas que le piano résonne trop dans le grave et préférait les œuvres indifférentes, non marquées instrumentalement : *L'Art de la fugue* de Bach, les *Pavanes* de Byrd ou de Gibbons, les *Métamorphoses* de Richard Strauss, dont il dit que c'est « une œuvre asexuée, une œuvre qui n'a pas de genre et aurait pu aussi bien appartenir à l'orgue ou à la voix humaine ». Il aimait le virginal, ou le son d'un piano quand il sonne comme un clavecin émasculé. Il n'aimait pas « les éjaculations sarcastiques, mordantes, laconiques et brutales du *Sacre du Printemps* ».

Parfois, quand son pied nu sentait fuir le sable du bord du lac Simcoe, parmi de vastes extensions de lumière calme, lui venait une idée étrange. Il eût aimé être mort et disparu depuis des siècles, comme Orlando Gibbons, n'être plus qu'une sorte de sable que palpent les doigts, machinalement, quand on lève les yeux vers les brumes aqueuses qui montent lentement vers le soir, comme une douleur. Ou quand, au clavier, on retrouve ces harmonies grises, lassantes, ce peu de choses qu'on veut retenir.

Il préférait l'automne au printemps, et l'hiver à l'été. Il aimait l'idée que les choses retournent alors à l'oubli, perdant peu à peu la chaleur, s'appauvrissant en couleurs. Ce serait le défigurer que de le montrer de la mort épris ; il la confondait seulement avec une lumière plus douce.

Ce n'est pas parce qu'il ne posait pas sur les biens et

les êtres de ce monde, les élégances extérieures de la vie, une main avide, et qu'on le jugeait une créature inconsolable et déconcertante, dédaignant de les mettre à sa portée, ou lui à la leur, qu'il faut le voir comme un aboulique ou un demeuré. Demeuré, il était, si l'on veut. En enfance, à l'âge où l'on comprend des choses qu'on passera ensuite sa vie à vouloir ne plus comprendre : que manger est infâme, un pacte avec la chair tuée ; que le sexe n'est pas comme l'accouplement paisible de la main et du clavier, mais le désir mauvais de déchirer feuille à feuille le livre intérieur que l'autre porte sous la peau ; que mourir n'est pas rejoindre la consolation des bienheureux, mais juste une manière particulièrement sale de remettre son corps à la charge d'autres mains.

19

Il y a quelque chose de répugnant et d'injuste dans la canonisation de Gould après sa mort. Bien sûr, il avait de son vivant entretenu la légende dorée de quelqu'un qui veut être nul, mais le proclame comme lui seul pouvait le faire. On est loin du silence sur le silence, de l'obscurité désirée en chaque moment du séjour terrestre, que l'on voit à Pessoa, par exemple, et l'on peut préférer le coffre marin en bois de rose dans lequel le poète tint enfermé le secret de sa vie, ne publiant rien jusqu'à sa mort, aux studios de télévision d'où Gould redisait sous les projecteurs son vœu du noir.

On aurait tort de voir en lui autant le martyr d'une entreprise médiatique uniquement intéressée par les anecdotes, que le démiurge ayant scientifiquement fabriqué dans nos têtes l'image exacte qu'il a finalement laissée, celle d'un génie de la publicité.

Je préfère le regarder comme un personnage d'un conte romantique dont l'image vraie fut peu à peu renversée, puis tuée par le portrait qu'il en peignit.

Mais on n'empêchera pas les cent façons d'oublier Gould. La commémoration, d'abord, cette haine de la mémoire. Déjà, on baptise de son nom une salle de concert, lui, l'ennemi des salles et des concerts. Déjà, on institue un Concours de piano Glenn Gould, lui qui n'eut pas de mots assez violents pour flétrir les compétitions musicales ! Laissons-le plutôt à ces disques noirs où il voulut à la fois apparaître et disparaître.

John Keats écrivait à ses frères George et Thomas, le 21 décembre 1817, que la qualité essentielle pour un homme qui veut achever son art était « la capacité négative : être capable d'être dans les incertitudes, les mystères, les doutes, sans se lancer irrité à la poursuite des faits et de la raison ». Gould savait ce chemin. Il accueillait le néant, descendait en lui-même dans l'inarticulé et se vouait longtemps à l'écoute impuissante et silencieuse de l'indéniable. Il en ramenait des prodigieux objets de musique, d'une densité sans pareille, d'un délinéament d'eau-forte. Capacité négative, capacité d'être seul dans cette douleur sans douleur qu'est la recherche du beau, du non-réconcilié.

Il aimait tant la nuit qu'il voulait en voir chaque minute, en creuser chaque creux. Souvenons-nous : « Tôt ou tard, je passerai un hiver dans le noir. J'en suis convaincu. Un hiver, au-delà du cercle Arctique. » Un hiver, pas un été, sous le soleil. Un hiver, une nuit perpétuelle. Il avait le jour en haine et le passait à tenter de dormir fermant hermétiquement les volets de son appartement. Il vivait à Toronto, parce que c'était une ville de nuit et d'anonymat et qu'on pouvait y goûter plus amèrement les fruits de la solitude. Ses seules présences pendant des mois étaient un téléphone Bell et une console de mixage. Son piano, aussi, pas trop souvent.

Sa présence au clavier était celle d'un aveugle, yeux révulsés, mains tendues tâtant le vide, ou celle d'un homme avançant dans le noir. Son visage changeait comme la musique l'éclairait de l'intérieur.

Et pourtant, il y a cette lumière d'aube, de première fois dans ses enregistrements les plus beaux. Mais l'aube fait partie de la nuit. Il y a cette acuité de la vision intérieure que seule elle révèle à ceux qui savent longtemps la regarder. C'était pour voir clair dans la musique qu'il lui fallait la nuit.

20

Que Gould ait désiré ne pas être au monde n'emporte pas qu'il ait été hors du monde. Sans doute se sentait-il engagé dans le siècle, jouant pour des gens sans noms et sans visages, mais existants.

Le moins que l'on puisse dire, par ailleurs, est qu'il avait au plus haut point le sens de son image. On peut se demander si le succès énorme de son premier enregistrement des *Variations Goldberg* aurait été tel si le disque n'avait pas été présenté sous une pochette où apparaissait le pianiste, photogénique héros byronien capturé sous toutes ses facettes par le photographe Dan Weiner.

C'est un vieux rêve qu'a dépeint la métaphore platonicienne de fermer les yeux du corps et d'ouvrir ceux de l'esprit. Hugues de Saint-Victor le reprit, opposant l'œil de la chair (*oculus carnis*) et l'œil de la pensée (*oculus mentis*). Gould se détournait du premier pour garder le second bien ouvert, mais savait qu'il y a toujours un œil, un désir, et qu'aucune extase, jamais, n'affranchit totalement la psyché des liens du corps. Il apprit à se défier de la conviction que le vrai coïncide avec le dedans, que nous ne sommes qu'à l'intérieur, en quelque sorte, et que le dehors est le domaine de l'illusion.

Il y a chez lui un étrange croisement entre voir et entendre. Quand Bruno Monsaingeon entreprit de le filmer dans une série intitulée « Les Chemins de la musique », c'est par téléphone entre Toronto et Paris que Gould discuta les plans, les angles de prise de vues, les mouvements de caméra, les cadrages. Il adorait le téléphone, d'ailleurs, surtout la nuit, et déclara un jour à Tim Page : « Je vis à longue distance. Au téléphone, on voit mieux les gens. Leurs masques sont retirés. » De Jonathan Cott, il disait : « C'est un ami que j'ai. Je ne l'ai jamais vu. Nous nous parlons au téléphone. »

À l'inverse, ses prises de son, délibérément artificielles, deviennent parfois une sorte de prise de vue sur le son. Ainsi, dans le disque Sibelius enregistré les 28 et 29 mars 1977, il utilisa un magnétophone huit pistes et employa une technique qu'il avait déjà expérimentée avec Monsaingeon quelques années plus tôt pour enregistrer des *Préludes* de Scriabine. Le micro est traité comme une caméra, s'approchant ou se reculant, tantôt un gros plan, le micro placé dans le piano, près des cordes, tantôt un plan lointain, comme le son perçu au dernier rang d'une salle de concert, etc. Ainsi, un même thème pouvait provenir de très loin, d'un coup, et sans qu'il soit joué *piano*.

Le procédé était particulièrement adapté à cette

musique nue, sans développement, procédant par séquences de petites formes, comme des bribes de chansons, des phrases répétées qui vont et viennent. Dans cet enregistrement, la musique est chose qui s'en va, qu'on croit tenir, qui repart. Lien ténu entre ce qui dure et ce qui passe. Une fugitive. La brièveté de rayons de soleil qu'éteint aussitôt la brume grise des vastitudes du Nord. Le remuement indécis que retient la lumière quand elle meurt.

Peu de pianistes furent en réalité aussi *visuels* que Gould. La musique n'était pas pour lui l'envers du visible, mais la seule chose qui vaille d'être regardée, contemplée, avec d'autres yeux, sans doute, que ceux qu'on porte sur la robe d'une femme ou le palissandre roux d'un violoncelle les soirs de concert. Il regardait la musique, avec ses doigts, sa pensée; en se cachant les yeux, dans les derniers films, derrière de grosses lunettes qui ne lui servaient pas à voir : il jouait tout par cœur.

Quand il jouait, c'était comme s'il donnait à voir. Il savait fixer la ressemblance en se libérant de l'exactitude. Il y a chez Gould cette clarté froide de la présentation (« *die Klarheit der Darstellung* ») qu'Hölderlin désirait plus que tout. Une telle lumière n'est pas l'opposé de la possession enthousiaste. Elle n'a rien de serein ni de mesuré, elle est rapt, déchirure. Mais elle est froide, lointaine. Être touché par le divin n'emporte pas feux, flammes, ni vision enfumée. Le Dieu qui toucha Gould est celui qui visita Hölderlin :

non Dionysos, l'emporté, le ténébreux, mais Apollon, le droit, le transparent.

Certaines de ses interprétations sont posées au bord du monde dans une lumière qui semble émaner de l'intérieur de l'œuvre. Cette lumière sans matière, sans épaisseur, sans couleur, cette lumière qui ne nous attend pas, lumière d'avant qu'on la regarde. (Il faudrait pour en rendre compte reprendre aux Victorins l'opposition de la *lumen*, mondaine et douloureuse, et de la *lux*, pauvre et extatique.) Gould avance alors dans chaque page comme quelqu'un qui ne sait pas, qui questionne. Pourquoi cette note ? Où va cette modulation ? Que dit la nuit quand j'y place une touche de clarté ? Ce n'est pas qu'il ne jouât pas de la musique affirmative (les *Suites* de Bach), mais ce qu'alors il affirmait c'est que la question serait maintenue. Et puis parfois, le silence, tout ce silence, non pour respirer, mais comme quand quelqu'un expire, cet abîme qui s'ouvrait d'un coup, sans qu'on sache si c'est au-dedans ou au-dehors de soi, ces notes qui avaient une telle densité de lumière en elles qu'on eût cru qu'elles n'étaient que le miroitement d'un creux qu'elles portaient à leur envers, une ombre qu'elles devaient racheter, ramener du séjour des morts selon les lois d'une absolue balance entre le visible et l'invisible.

21

Il aimait le Nord. Un Nord qui a peu à voir avec la géographie : un paysage psychique, une métaphore du soi. Quelque chose d'inaccessible et de fécond, une mine sous les glaces. Son retrait était une retraite, au sens monacal du terme. S'il fallait trouver un précédent ou une analogie dans la vie d'un musicien, ce serait les trente années de silence de Sibelius, après qu'il a brûlé sa *Huitième Symphonie*. Gould aimait chez Sibelius cette écriture sévère qui ne veut pas plaire, ce contrepoint austère, parcimonieux, thématiquement ténébreux. Le Nord, c'est aussi le froid, le gel de la sexualité. Le Nord, c'est le froid accroissant la clarté des choses. De même que l'air glacé donne au visible une netteté de contours, une exactitude de tons que trouble et voile la chaleur, de même, les lignes, les galbes, les arêtes du piano de Gould sont tracés d'une main froide, dans la lumière sans pardon que dispense le lever du jour dans un pays de gel. Le Nord, c'est la régularité transcendante de l'isolement.

De temps à autre, dans la dernière partie de sa vie, pianiste sans concerts, Gould prenait sa voiture et allait droit vers le nord, jusqu'à la rive nord du lac Supérieur. Là, il restait sans rien faire. Des jours, des nuits. C'est en route pour ce Nord sans visage qu'il appelait « mon pays » qu'il entendit un jour sur sa radio de bord Petula Clark chanter *Who am I?* (« Qui suis-je ? »). C'était sur la route 17, quelque part entre Batchawana et Terrace Bay. L'antenne du réémetteur local de la Canadian Broadcasting Corporation était de faible puissance, et le son se perdait à chaque virage, pour disparaître bientôt complètement, tandis que flottait, entêtante, l'odeur des résidus des usines de pâte à papier. Puis, cette rengaine devint comme une antienne.

À chaque ville, distante de la précédente de plusieurs dizaines de kilomètres, on retombait dans la zone de diffusion de l'émetteur suivant, et toujours Petula Clark cherchait à savoir qui elle était, car le disque était alors en tête du classement des succès, et on le retrouvait dans toutes les émissions de toutes les chaînes.

Gould parvint à régler son allure de façon à réentendre la chanson toutes les heures – le parcours durait près d'une journée. Puis il finit par s'arrêter, et prit une chambre à l'hôtel de Marathon Point. Un fjord, une ville édifiée sur son rivage, une rue qui monte, une dernière rangée de maisons, la plus riche, puis la grille d'une scierie, un écriteau : NE PAS FRANCHIR CETTE LIMITE. Dans sa chambre d'hôtel, il ne dormit sans doute pas : il ne dormait jamais, sauf quelques heures, quand la nuit desserrait son étreinte. Peut-être voulait-il simplement que la chanson se taise un peu.

De la vie de Schönberg, un épisode le fascinait. Très peu de temps avant sa mort, le compositeur avait donné une conférence à Los Angeles. Elle commençait par ces mots : « Je me demande parfois qui je suis. »

Un jour Gould était seul dans un motel d'une petite localité au bord du lac Supérieur, Wawa. Regardant par la fenêtre la nuit, il vit sur la neige bleuie une silhouette lente, noble, un loup égaré. S'approchant dans l'obscurité, totalement indifférent au regard, à la présence, la bête vint tout près de la vitre et le regarda dans les yeux. Il revit souvent ce souvenir. Il se demandait parfois s'il n'avait pas pris pour une apparition réelle une image reflétée.

22

Dans quels lieux vivait-il ? Il aimait Toronto, qu'il ne quitta plus après 1970, comme il le faisait auparavant pour aller à New York enregistrer ses disques, après que C.B.S. lui eut installé un studio d'enregistrement dans sa ville natale. Il aimait cette ville parce que c'était une ville de traditions musicales. Lorsque Glenn Gould y naquit, le 25 septembre 1932, la ville, qui comptait moins d'un million d'habitants, était cependant un centre musical important. Les églises surtout accueillaient une tradition d'orgues et de chœurs. On imagine qu'on y entendait surtout Haendel et Bach, mais aussi les musiques élisabéthaines, les grands compositeurs Tudor, que Gould aimera tant : Orlando Gibbons, John Dowland, William Byrd, ou encore les maîtres du début de la Renaissance.

Résidaient à Toronto des musiciens et chefs d'orchestre importants : Sir Ernest Mac Millan, chef du Toronto Symphony Orchestra, Healy Wilan, Charles Peaker, Frederick Silvester, qui fut le professeur d'orgue de Gould, et Leo Smith, qui lui enseigna la théorie et le contrepoint. Ils furent ses guides, accompagnèrent ses débuts de concertiste, et on les retrouva plus tard, dirigeant à ses côtés les concertos où il se produisait, en concert ou bien lors d'émissions télévisées.

Mais il aimait surtout Toronto parce que c'était pour lui une sorte de non-ville, qui lui permettait non pas ce qu'offrent les villes, les contacts, mais le secret, la vie d'ermite. Il y avait un appartement, mais vivait le plus souvent à l'hôtel, le *Four Seasons Hotel,* puis l'*Inn on the Park.* Un témoin qui fut exceptionnellement admis à pénétrer un jour dans son studio de l'*Inn on the Park* le décrivit ainsi : « Les fenêtres étaient scellées, les rideaux tirés, le bureau couvert de lettres non ouvertes, la salle de bains jonchée de flacons de valium. »

Mais là n'était pas sa résidence. Il habitait un lieu assez hostile et inhospitalier finalement, quelque part plus au nord encore, là où il fait froid et nuit, entre Sibelius et Gibbons, Bach et Brahms. Il aimait la banalité des lieux froids, des couleurs froides, des endroits qui ne vous disent rien, ne vous accueillent ni ne vous retiennent. Là seulement, il pouvait entrer en relation avec lui-même.

« Je me suis trouvé écrire des critiques musicales par exemple dans lesquelles le Nord, l'idée de Nord commençait à me servir de protection contre d'autres idées et valeurs qui me semblaient si déprimantes, si liées aux villes, si bornées spirituellement », confiera Gould à propos de cette rencontre.

Toutes les émissions radiophoniques que fit Gould traitaient de l'isolement et de la vie dans le Grand Nord canadien : des gens dans un train roulant vers l'Arctique *(The Idea of North)*, un village presque abandonné, fantôme, Saint-Joseph, à Terre-Neuve *(The Latecomers)*, une communauté mennonite du Manitoba *(The Quiet in the Land)*.

Dans *The Idea of North*, Gould interviewe cinq personnes pendant leur voyage en train vers le nord. Elles veulent la solitude, et ne craignent pas l'isolement. Gould les enregistra séparément, puis monta leurs réponses en une sorte de dialogue. Parfois trois voix se superposent sur fond de bruits de rails, fugue sur basse continue.

Le prologue met en scène trois personnages : une infirmière, Mrs. Schroeder, parle du Nord quand on le survole, de sa beauté menaçante, de ce pays « tellement plat qu'il semble se dérouler sans fin », puis un géographe, Vallee, et un bureaucrate, Phillips, apparaissent successivement.

La jeune femme parle toute seule : « Plus nous avancions vers le nord, plus cela devenait monotone. » Au moment où elle prononce : avancions *(further)*, une voix d'homme commence à parler, disant : « *farther and farther North* », toujours et toujours plus au nord. Une troisième voix est entrée : « onze ans »... Cet entrelacement de phrases (on dirait une sonate en trio) se déroule avec ce qu'il faut de malentendu pour que plusieurs personnes se parlent, chacun partant de ce qu'il croit ou veut entendre dans la parole de l'autre, chaque mot heurtant ceux des autres comme se cognent des passants par mégarde dans le noir.

Ils semblent parler ensemble, du Nord, du vol des oies rasant l'horizon, de la paix, des Inuits. Ils ne disent qu'une chose : la disparition. Peu à peu, le dialogue s'épuisant, un personnage sort, puis l'autre, et l'infirmière reste seule à monologuer : « Et je pensais que je faisais presque partie de ce pays, partie de cet environnement paisible, et j'espérais que cela ne finirait jamais. »

Ce n'est pas le Nord magnétique qu'aucun d'entre eux veut atteindre. Ils savent que le Nord n'est pas ce qu'on trouve, mais ce qu'on cherche. Ils pensent que le Nord intérieur, le pôle de la solitude baigne simplement dans une lumière un peu plus vraie. Ils parlent ou murmurent faiblement, tournés vers eux-mêmes, de neige, de phoques, d'ours polaires, de lacs à demi gelés. À voix basse; ils savent que dans l'obscurité, il n'est pas besoin d'élever la voix. Vous écoutez, vous tentez d'augmenter le volume pour saisir ce qu'ils disent. Vous aimeriez partir de Winnipeg pour Fort Churchill, Manitoba.

Gould n'était pas seul, ni solitaire, ni esseulé. Il était dans la solitude. C'était là sa demeure, ce retranchement qu'il avait épousé. La solitude, il l'avait usée, exténuée. Les seuls moments où on pouvait le voir vivre dans l'espace et non s'y trouver reclus ou chassé, c'était quand il jouait. La musique était sa peau, même s'il lui fallait au clavier s'entourer de ces éléments inaltérables et indispensables : calorifère chauffant à plein, petit tapis d'Orient sous ses pieds, chaise du père, et, sur le piano, à main droite, l'assortiment des pilules, les bouteilles d'eau.

Il y avait aussi les cabines, les studios. Comme un enfant dans un réduit explore à travers le jeu les limites de l'abandon, il entrait dans le studio insonorisé, aseptisé (le concert contamine, disait-il), comme dans un lieu secret où il se parlait le langage de la technologie et de l'extase. Il disait encore : « L'expérience de l'enregistrement est la plus matricielle des expériences qui existent en musique. C'est une façon de vivre tout à fait cloîtré, et j'ai effectivement retranché de ma vie musicale tout ce qui n'était pas cloîtré. » Solitude absolue du studio : rien n'y pénètre, personne n'y entre, rien n'en sort que l'on n'ait voulu, médité, concerté. Mais cette solitude débouche sur le dehors, l'enregistrement, qui sépare dans le temps et l'espace l'auditeur du musicien, les unit au moment voulu.

Gould aurait pu dire de la musique comme Lancelot Andrewes de Dieu : « il faut être seul auprès de ce qui est seul » *(alone with the alone)*.

La famille était presbytérienne, et, enfant, Gould allait aux services religieux très régulièrement. Il cessa à dix-huit ans, mais garda toute sa vie, dit-il, un sens très fort de l'au-delà, et un dégoût violent pour les philosophies de l'ici et maintenant. Mais il ne parvenait pas à se faire des images de l'après-vie ni à trouver consolation dans l'idée de vie éternelle qu'il jugeait simplement plus plausible que celle de l'absolue disparition.

Depuis longtemps, il n'allait plus à l'église, mais il se souvenait des services du soir d'autrefois, à Toronto qu'on appelait alors la ville des églises. Les services se déroulaient dans la lumière tamisée du soir, dont on dit qu'il monte, ou qu'il tombe. Il y avait des vitraux, une pénombre vaguement triste. L'officiant terminait ses sermons par ces mots : « Seigneur, donnez-nous la paix que la terre ne peut nous donner. » Gould plus tard se répétait souvent cette phrase et y puisait un réconfort. Cette consolation que la terre lui refusait, il l'attendait de la musique, ou d'une certaine couleur de la nuit quand elle se referme telle une cicatrice à peine plus foncée que la chair.

23

Être dans la solitude, c'est là le difficile. Continuer à être, à garder le sentiment de sa propre existence – être, et non pas cesser d'être, quand l'autre n'est pas là – et conserver le sentiment d'identité – être soi, et pas les autres. Il est des gens pour qui la chose paraît simple. Ils sont convaincus que leur existence vraie ne cesse pas, mais peut-être même ne commence qu'à l'écart des autres. Ce retrait, ils le nomment, c'est selon, la vie privée, la table d'écriture, la chambre à soi. Pourtant, pour beaucoup, l'être se défait, s'altère quand l'autre manque. (Mais cet autre qui ne peut faire défaut sans que je sombre dans le néant, est-ce bien un autre ?) Ils ne sont que quand ils ne sont pas seuls (la promiscuité tient lieu de proximité).

Dans les deux dernières années, rapportent certains témoins, Gould connut une sorte de retour au monde. Il reprit le chemin de New York de temps à autre, fréquenta des gens, acheta des choses, noua des liens, toucha des corps, peut-être. Était-ce un signe ? Ils approchent de leur fin, les anges, quand ils s'éprennent des hommes.

Est-ce à dire que sa solitude allait prendre fin ? Ou au contraire, qu'il était arrivé au point où, malgré ces autres parmi lesquels il monnayait son corps, ses désirs et ses frayeurs, il ne cessait un instant d'être dans le désert ?

Certains sont frappés de solitude comme on l'est de maladie ou de mutisme. Parfois, il en faut deux pour faire un être – fût-il fou –, on les appelle des schizophrènes. Ceux qui ne trouvent en eux-mêmes qu'angoisse et vide, ceux pour qui l'abandon n'a qu'un sens : être abandonné, prêchez-leur donc la solitude bénie ! Invitez à « rentrer en eux-mêmes », ceux qui y reviendront avec le dégoût qu'on a à retourner dans une maison où personne ne vous attend. Désignez-leur ce retour comme fécond, et baptisez heureuse leur solitude. Dites-leur qu'il fait clair dans le noir de la musique, et que le silence du livre bruit de voix amies, à eux qui ne peuvent dormir que la lumière allumée et branchent la télévision, cet écran qui les empêche de se dissoudre.

Il y a ceux pour qui la solitude a un visage, ou plusieurs, fussent-ils des masques, et ceux pour qui elle est sans visage et sans forme. Dans ces solitudes-là, il n'y a plus de je pour dire : « je suis seul », et plus d'autre à qui le dire. L'autre n'est plus cet être particulier, même s'il ne tire ses particularités que du quiproquo ; il n'existe qu'en creux, un creux vague, sans bords, si l'on peut dire, flottant. Alors, ce n'est plus « quelqu'un manque », mais « il n'y a personne ».

Le solipsisme, ce luxe – ou cette misère – du philosophe, du psychanalyste ou de l'artiste n'est possible qu'à qui connaît le sens de l'adjectif *solus* et du pronom *ipse*. Il n'y a d'exil tenable que pour qui sait où est son natal, et le programme de Descartes, que Gould appliqua à la lettre : « feindre que je n'avais aucun corps, qu'il n'y avait aucun monde, ni aucun lieu où je fusse », n'est à la portée que de celui qui ne doute pas de son être, c'est-à-dire, d'être vivant (*sum*), et d'être celui qu'il est (*ipse*). Alors, la solitude (*solus*) effectivement renforce le sentiment d'être.

Parfois, Gould voulait être tout. Il rêvait d'une musique non compartimentée, d'un Âge d'or (comme avant la Renaissance, au moins), où l'interprète, le compositeur et même l'auditeur ne seraient plus séparés.

Rien n'aurait été plus étranger aux chanteurs de grégorien que de jouer une musique pour un auditoire. Quand ils chantaient, c'était la voix divine qui chantait à travers eux, ou celle des anges, et ceux qui étaient assemblés ne l'étaient pas pour écouter, mais pour célébrer un mystère. La musique n'était pas adressée aux fidèles, mais chantée à leur place, et le chant aurait été le même s'il n'y avait eu personne pour l'entendre. Ce n'était qu'une apparence physique, si la musique atteignait l'auditeur du dehors, sa vraie source se trouvait au-dedans de lui. Le chant était alors sa prière changée en sons.

Qu'en est-il aujourd'hui ? Au concert, on reçoit la musique de face ; quand on l'interprète, on la perçoit de toutes parts ; quand on écoute seul un enregistrement, on s'en croit le destinataire. Rarement on la sent monter en soi. Gould, qui dut bien s'accommoder de la disparition d'un tel état premier de la musique, tenta d'y résister en se faisant lui-même compositeur.

Il composa peu. Au début de sa carrière, il disait : « J'aimerais avoir réalisé un certain nombre de bons enregistrements, avoir composé de la musique de chambre, deux ou trois symphonies et un opéra ». En vérité, il fut loin d'accomplir ce programme, et ne laissa, en fait d'œuvres, que des exercices ou des décalques de ses grands maîtres. Il mentionna un jour une *Sonate pour piano* composée en 1948 dont aucune trace n'a été retrouvée. À seize ans, il écrivit une série de pièces pour piano inspirées de *La Nuit des rois* de Shakespeare : *Atmosphère royale, Fête élisabéthaine, Déraison lunatique* et *Nocturne.* Vers dix-huit ans, il traversa une période dodécaphonique militante. Deux compositions de cette période furent jouées lors d'un concert d'élèves du Conservatoire, en juin 1951 : une sonate basée sur le principe de la série, pour basson et piano (lui-même était au piano, et le bassoniste se nommait Nicholas Kilburn), et cinq pièces pour piano, terriblement influencées, Gould le reconnaîtra, par l'*Opus 5* de Webern.

Vers la fin des années quarante, la « nouvelle musique » avait gagné Toronto : Schönberg, Berg, Webern. Hindemith faisait des conférences aux étudiants du Conservatoire. Gould s'engouffra dans le mouvement. Mais, lorsqu'il composa, entre 1953 et 1955, l'une des rares œuvres qui soient restées de lui, son *Quatuor à Cordes* qui fut donné en première audition en 1956 par le Quatuor de Montréal, rien d'atonal ou de sériel n'y trouva place. Un discours dense, compact même ; une méditation qui doit beaucoup au Richard Strauss de la fin. Dans les notes du programme, le compositeur se justifie ainsi : « J'ai écrit une œuvre qui appartient au langage harmonique, mais avec une sorte d'indépendance contrapuntique que j'avais apprise de mes récents maîtres. »

Le *Quatuor* fut ensuite créé aux États-Unis par le Symphonia Quartet, composé de membres de l'Orchestre de Cleveland, le 27 novembre 1959, puis enregistré par Columbia le 13 mars 1960 au Severance Hall de Cleveland.

Outre les transcriptions qu'il fit pour le piano, Gould laissa peu de compositions au sens propre. Quelques cadences, notamment pour le *Premier Concerto* de Beethoven, une fugue comique *So you want to write a fugue ?* (« Ainsi, vous voulez écrire une fugue ? »).

Le meilleur de ses compositions est peut-être à trouver dans ses musiques de films : *Slaughterhouse Five* (« Abattoir cinq »), en 1972, fut la première. En 1981, il écrivit la musique pour *The Wars*, film canadien dont le héros est un jeune homme solitaire, dévoué à ses animaux familiers et à sa sœur infirme, qui s'engage dans l'armée canadienne afin de combattre pendant la Première Guerre mondiale. Dans la bande-son, on entend un chœur chanté par le Toronto Boys Choir, et un bref passage pour violoncelles et contrebasses. Mais il est dans cette bande un autre moment, plus émouvant, car il rejoint l'esthétique de Gould, toute de distance et de froid. On entend quelqu'un qu'on ne voit pas jouer de l'harmonica. La mélodie semble méconnaissable, mais elle est en fait un réarrangement du thème de Brahms qui ouvre le film.

Il y a encore un moment très beau dans les bandes sonores que Gould réalisa. Il s'agit d'une émission de télévision consacrée à Nadedja Mandelstam. Après avoir vu le film non sonorisé plusieurs fois, à la fin d'une nuit de travail Gould dit : « Imaginez dans l'appartement d'à côté de celui de Nadedja Mandelstam, où l'on ne pénétrera jamais, un jeune violoncelliste jouant sans cesse, comme s'il répétait, le *Concerto* de Chostakovitch. C'est tout ce qu'on entend pendant que la femme, seule, fait le récit de sa déportation. À la fin, juste avant le générique, le musicien achève sa répétition et joue la pièce en entier. »

Dans un entretien de 1959, Gould rapporta que de nombreuses compositions traînaient sur sa table. « La plupart d'une page, alors qu'elles étaient prévues pour soixante-quatre, et brusquement abandonnées au cours de la première. » Quelques années plus tard, il montrait avec humour un désir d'inachèvement encore plus torturant. « Je suis un spécialiste de l'inachevé. Ce n'est pas que j'écrive, comme beaucoup, jusqu'au bas de la première page et puis que je m'arrête là. J'écris jusqu'à la dernière, et c'est là que je m'arrête. D'une manière ou de l'autre, je laisse cette dernière page m'échapper. » Dans la fugue qu'il composa, il se montre, volontairement, en grande difficulté pour conclure. La fugue ne fait toujours que commencer, et les dernières mesures ne sont qu'une annonce répétée à l'unisson par les quatre voix jusque-là entretissées : « Nous allons maintenant commencer à écrire une fugue », disent les paroles.

Gould aurait voulu être plus que Gould. Autre chose qu'un interprète chargé de rendre au mieux un texte dont il n'est pas l'auteur. Il voulait être son propre père, sa propre mère, n'être né que de lui-même. On ne peut l'inscrire dans aucune des grandes filiations pianistiques. On ne lui voit pas de descendance.

Il poussait si loin son exigence de se passer des autres qu'il rédigeait les pochettes de ses disques, en surveillait les prises, le montage, le mixage, l'édition, écrivait les critiques de ses interprétations et publiait d'inénarrables auto-entretiens. John Lee Roberts, ancien directeur de la musique à la radio canadienne C.B.C., affirme qu'il voulait se sentir en pleine possession, en total contrôle de lui-même à chaque instant de sa vie.

Pourquoi est-ce à l'approche de ses trente-deux ans qu'il s'est retiré ? un dimanche de Pâques, comme si son royaume n'était pas de ce monde ?

Et puis, ce dernier *Noli me tangere* : mourir à cinquante ans, au moment où la main de la dévotion voulut s'emparer de lui ?

24

Où est-on quand on est dans la solitude ? Dedans ou dehors ? Où est-on quand on est dans la musique ? Parfois elle envahit tout, efface tout. Rien n'existe que le son. Je pourrais n'être pas là. Il est là. Il est ce qui est là. Ce qui est. Parfois elle est toute petite, abolie presque, ou cassée. Mais où ? Elle est en moi et je suis en elle, et jouer du piano, c'est sans cesse passer du dedans au-dehors, mais à un dehors qui devient dedans, tout comme au-dedans, il y avait déjà un dehors. La musique a les attributs de Dieu, dont saint Augustin dit qu'il remplit en contenant. Elle entoure, enserre, et demeure pourtant au-dedans, partie de la partie, pointe de douleur ou de plaisir remontant vers l'oreille.

Gould contemplait souvent son piano comme une grande nappe de mélancolie qui n'attendait que l'enfoncement, la pression des doigts sur les touches pour venir à la surface. Et si le piano savait ? Et si on cherchait, un peu stupidement, en demeurés, à lui parler, avec des mots de muscles, d'os et de ligaments ?

On ne se regarde pas dans son piano, pas dans sa surface vernie, on s'y regarde de l'intérieur. C'est affaire d'espace, de volume, de centre de gravité, non de plan ou de miroir. Quels étranges moments, ceux où tout paraît autre. On cesse de se heurter aux choses, on ne touche plus que les bords de la musique, comme un anatomiste détaille la merveille d'un corps qui a cessé d'être au monde.

La « dissection » dont parlait Gould à propos de ses travaux en studio était peut-être cela : voir ce qu'il y avait à l'intérieur de la musique, découvrir le secret qui la fait vivre, le secret de sa mort.

Pour Gould, le jeu du piano était le moyen de retrouver l'*homo interior* que le soliste avait en lui trop longtemps relégué. Cette opposition de l'*intus* et du *foris*, que les Victorins ont placée au cœur de la méditation, le hantait. Pour lui, la musique n'était pas faite pour le dehors.

Parfois, je pense qu'il faudrait se cacher pour écouter la musique. Elle me retourne comme un gant, vers l'intérieur. Bien que je sache qu'il y eut des époques et qu'il existe des gens pour qui elle est langage de rapprochement, communauté, je n'ai jamais pu en partager l'écoute. La faire ensemble, c'est autre chose. Dans la musique de chambre, il faut s'accorder, dans tous les sens. On peut jouer ensemble une sonate ou un trio. Il y suffit d'assez d'humilité et d'un peu d'amour. Ou de beaucoup de science et d'un rien de haine.

Mais pourquoi ne peut-on écouter ensemble? Pourquoi la musique nous atteint-elle perclus de solitude? Parce que ce serait se livrer devant et avec d'autres à un abandon qui n'est que singulier? Partager un lointain pour chacun différent? Parce qu'on n'a en commun ni son enfance ni sa mort?

La musique, c'est, corps contre corps, solitude contre solitude, un échange sans rien qui s'échange. On dirait l'amour, parfois, si les corps de l'interprète et de l'auditeur n'y étaient aussi désincarnés et distants que deux pierres, deux questions, deux anges qui s'entredévisagent avec une grande fureur triste.

Gould regardait la musique de ses yeux blancs, retournés, repartis dans un voyage antérieur. L'opposé du regard posé sur le spectacle, ce regard du public dont il aurait pu dire avec Hugues de Saint-Victor : « Ils ont eu seulement l'œil extérieur dirigé vers l'apparence de l'œuvre, et non l'œil intérieur dirigé vers le fruit de la vertu. »

Pour Gould, la musique se dégrade dans son acte, se compromet dans son adresse. Il rêvait d'être détenu dans une prison : « L'incarcération serait un test idéal à quoi mesurer notre vraie mobilité intérieure, notre vraie force spirituelle. » Un ami d'enfance dira de lui : « Je ne peux pas me rappeler un moment où il n'était pas un étranger. » *Outsiders*, toujours au-dehors du dehors, ceux qui sont perpétuellement au-dedans d'eux-mêmes. Il restera au-dehors. De l'institution musicale, de la vie urbaine, de la famille, de la sexualité, sans doute. (Il avait été de ces adolescents qui ne sourient pas quand on fait une plaisanterie sale sur les filles.)

On conçoit que le concert lui répugnait. Cet intime soudain mis au-dehors, cette âme élargie qui ne se contient plus, tout cela entre estrade et velours.

25

Il y a deux façons d'être mis hors de soi : le divertissement et l'extase. Ce que Gould reprochait au concert, c'était, entre autres, les distorsions que la présence du public imprimait à son jeu. Il devait alors forcément déformer la réserve classique de la polyphonie de Bach en une rhétorique emphatique. Il savait pourtant que l'artiste a besoin d'un public, mais sa question demeurait de savoir comment équilibrer les contraintes intérieures du musicien avec la demande de divertissement de la société, et éviter qu'au-dedans de la sphère la plus privée, celle de la création, l'art ne soit altéré par le contact de ceux à l'intention de qui il est produit. Grossir le trait, se projeter, se perdre. Il disait se sentir alors arraché à lui-même.

Il répugnait à être mis hors de lui, du moins de cette façon-là. Ce n'est pas qu'il trouvât son moi aimable, ou qu'il fuît absolument le divertissement. Mais, sont-elles si douces, les heures que nous passons à n'être pas nous ?

L'extase est un autre arrachement, non pas par les autres, mais par l'Autre. C'est une rencontre, non au lieu de la distraction, du donner à voir, mais de l'évidence aveuglante. L'œil de Dieu ne laisse rien dans l'ombre. « Tout est à nu sous son regard parce que tout est en lui, et à découvert parce qu'il est en tout », dit Hugues de Saint-Victor. On pourrait dire que le soi-même auquel on est enlevé n'est pas identique dans les deux cas. Le divertissement s'écarte du *soi*-même, l'extase y ramène au contraire, en arrachant au *moi*-même, en livrant à l'enthousiasme, disaient les Grecs, celui qui fut chassé par le désir des dieux.

Gould ne concevait pas que la musique pût viser au plaisir et lui-même utilisait ce mot pour dire ce qui était en jeu, ce mot qu'on n'entend guère chez les musiciens, ce mot un peu fin de siècle, mais où résonne le Moyen Âge mystique : extase. Mot curieusement discordant avec les expérimentations technologiques dans lesquelles il cherchait à l'incarner. L'extase, disait-il, est un fil délicat qui relie les uns aux autres musique, interprétation, interprète et auditeur dans le tissu d'une conscience partagée de l'intériorité. Cette conception extatique de l'interprétation s'oppose à la conception littérale. Les notes sont des signes ; ils ne disent pas un chemin, mais indiquent un point de départ.

La marque des interprétations de Gould n'est pas tant d'ordre technique – encore que son extraordinaire sûreté dans la vélocité soit sa signature – ni d'ordre conceptuel, même si peu de pianistes pensèrent aussi loin leurs façons de faire et de dire. Elle est, qu'on me passe le mot, spirituelle. Comme si son être était à chaque instant et pour l'éternité dans la musique. Comme personne, il attachait la musique à l'être, non plus au sujet. Violence du concept, intimité de la présence, engagement absolu, il jouait la musique comme une part de soi-même, la plus étrangère, celle dont on ne veut rien savoir, mais à l'appel de laquelle il faut se rendre.

Il y a quelque chose de liturgique parfois dans le piano de Gould, et non seulement dans Bach : que l'on écoute ses deux *Préludes* de Scriabine : *Désir* et *Caresse dansée.* Il parlait du phrasé comme d'un rite. L'extase ne veut pas ignorer le corps, mais l'arracher à lui-même, le déporter.

Son détachement froid et placide prenait parfois le tour d'une passion fervente. À l'inverse, il était capable, perdu d'extase dans la dernière fugue de *L'Art de la fugue*, de soudain pointer à un témoin ébahi une erreur de contrepoint faite par Bach.

Sa distance envers autrui conférait à ses gestes et à ses propos une douceur résignée et tranchante. Jamais on ne lui vit d'arrogance, de hauteur. D'un regard bref, d'une épaule imperceptiblement levée, il vous disait qu'il voudrait bien être des vôtres, mais qu'il ne préférerait pas. Un Bartleby souriant, qui n'aurait quitté par moments les lettres mortes parmi lesquelles il vivait que pour entrer dans le malheur de la musique.

Sans doute, d'autres, aussi grands pianistes, ne rencontrent-ils pas la musique comme ce Dieu sans merci dont on ne doit pas attendre pour le servir qu'il vous aime ou vous fasse aimer. Peut-être n'ordonne-t-elle pas l'extinction de soi. Le Dieu de Gould – j'entends, celui qu'il cherchait sous les notes – n'était pas celui du Nouveau Testament, d'amour, de don. C'était celui des anciens juifs, Dieu de justice et de dette.

Cela le portait à la dureté, à l'absence de compromis dans ses partis. Il professait que les compositeurs ne devraient pas être tels qu'ils étaient : Mozart aimable, Schönberg dérangeant, Sibelius faible dans sa musique de piano, mais ce qu'il voulait qu'ils soient : Mozart austère et polyphonique, Schönberg mélodieux et Sibelius architectural.

D'ailleurs, pourquoi faudrait-il séparer le musicien accompli de l'individu donnant à voir les signes d'une folie consommée, garder le rigoureux et le voyant, mais oublier le corps convulsé de tics, renversé sur sa chaise de tout petit, cette silhouette cassée, habitée d'étranges manies, murée dans d'absolus rituels ? N'est-ce pas par ses excentricités de comportement que se révélait aussi cette absence de centre, cette haine du moi ? L'ἔκστασις des mystiques, c'est cela, le non-moi, le hors de soi. Les excentricités mondaines étaient l'envers de l'extase musicale et protégeaient Gould de son public dans sa recherche fervente et hallucinée de la musique comme ce qui n'était pas lui, ce dans quoi il cessait d'être.

Lui qui avait une mémoire terrifiante, il jouait comme sans souvenirs. La musique puisait en lui. Il voulait s'oublier quand il la jouait, se perdre de vue en elle, que ce soit elle qui se souvînt de lui.

26

Devenir le maître des voix, quitter ces voix qui nous divisent, agencer les parties de la fugue qu'est toute vie, c'est sans doute une manière de dire : je n'ai pas d'inconscient. L'autre voix, je peux la montrer, là, *rectus* après *inversus*, la monter, la couper, la reprendre, la refaire. Empêcher l'usure du temps, conjurer l'éphémère du concert (ce côté vivant, c'est-à-dire mortel, du direct), Gould visait à cela, muré dans son studio. Il y aura toujours une autre prise, un autre segment à substituer, une perfection de vinyle venant racheter les fautes, les taches de ce corps que je traîne, promis à la décomposition. Manipuler les traces, Gould le savait et le disait, c'était protéger sa vulnérabilité.

On pourrait dire de Gould ce qu'il disait de Bach. En lui coexistaient « les prodigieuses ressources de la science et les rites angoissés, magiques et mystiques de la foi ».

Gould était de ceux qui ne se sont jamais résignés à ce que le foyer de l'activité musicale se fût déplacé de l'Église au théâtre et que le souci de communication de l'homme avec lui-même ait remplacé celui de la rencontre avec le divin. Il y a là une contradiction dans le personnage qui se dit serviteur et se dévoile maître absolu ; humble créature dans son jeu de piano, et Créateur dans l'espace du studio. Il est vrai que jouer un contrepoint et tisser avec des bandes magnétiques un contrepoint de contrepoints, c'est se prendre pour Dieu, vouloir ordonner totalement le son, plier le temps, emplir l'espace. C'est aussi se prendre pour rien, se savoir de peu. Les voix s'engendrent et se répondent nécessairement, tout ce qui est dit par l'une doit être redit par la suivante : aucune mélodie qui ne tienne son existence de sa répétition. Jouer une fugue veut que l'on renonce au disparate de sa subjectivité et que l'on s'abandonne au jeu sans auteur du sujet et du contre-sujet.

Gould plaçait au centre de son exigence d'artiste le sentiment de la disparition. L'art pourrait bien être toujours la chose éphémère, l'œuvre, ce qui va mourir bientôt. Ses interprétations sonnent souvent comme si la musique venait d'être composée et était promise à un effacement proche. Elles laissent un sentiment de premier et de dernier mot, et leur tension extatique tient de leur fragile équilibre sur la crête partageant l'être du non-être.

La musique chemine sous ses doigts redisant à chaque note qu'elle aurait pu ne pas être et allait cesser bientôt. Comme le Dieu des théologies négatives, elle est ce qui n'est pas. À son principe, le *Gottes Fehl* de Hölderlin, le défaut de Dieu. Non son absence : ce n'est pas que Dieu manque, Dieu est manque. La musique, semble dire Gould sur tous les tons, je ne sais pas ce que c'est. La « moins substantielle des substances », comme il la nomme, la forme sans forme (*non formata sed formans*), comme disait un mystique du Moyen Âge. Il l'ignore, comme on ignore toujours le tout proche.

L'œuvre d'art est nécessaire et arbitraire. Elle aurait pu ne pas être (arbitraire), mais, étant, elle n'aurait pu être autre (nécessité). Tel est le double postulat qui éclaire les plus belles interprétations de Gould, leur conférant cette marque d'éternité fragile que seul le mot de grâce peut dire.

Il y a peut-être un peu plus. Non seulement l'art pourrait ne pas être. Il le devrait. « Je crois qu'il faut donner à l'art la chance de sa propre disparition. » Après avoir fait à Gould le reproche d'être un tenant de l'art pour l'art, un reclus de la tour d'ivoire, faudrait-il ajouter au réquisitoire le crime d'avoir souhaité la mort de l'art ? Tel n'était pas son propos; il n'était pas idéologue et ne faisait que tracer une ligne qu'on pourrait dire de l'art contre l'art, l'art de la mort, qui ne prend sens que du néant qui le travaille.

Cet idéal que l'on devine chez lui d'une musique muette, d'une musique pour l'entendement, pour la mémoire, pour le cœur, a quelque chose de fou. Je le revois travailler la *Fugue* K. 394 (je n'étais pas là, mais peut-être lui non plus; qui est là quand la musique est là ?), enseveli sous le bruit de l'aspirateur (belle métaphore de la solitude que cet instrument domestique, bouche de néant et de poussière, *vacuum cleaner*, en anglais), et je crois bien entendre Wolfson chassant la voix maternelle hors du langage et acharné, si l'on peut dire, à décharner les mots. Gould dit de cette expérience de la fugue fantôme que « ceux qui sonnaient le mieux étaient précisément les endroits où je ne pouvais plus m'entendre du tout ».

27

Ses interprétations ont la consistance énigmatique des fictions. Quand il joue, il garde toujours le sens de l'énigme de la musique. Même quand il l'approche, l'énonce, même s'il sait quelque chose d'elle, l'énigme demeure toujours hors d'atteinte. En articuler le plus intelligemment possible les complexités formelles lui donne sa vraie résonance. Ce qui attire irrésistiblement dans la plupart des interprétations de Gould, c'est la certitude qu'éprouve l'auditeur de se trouver conduit en un lieu de première fois, d'assister à la naissance de l'œuvre. Il s'agit de création, non pas dans l'immédiateté d'une approche improvisée – l'improvisation, c'est le cliché, la pente, presque toujours – mais d'une interprétation neuve, bien que, ou parce que, pensée et repensée, fabriquée, montée, collée. Ce sont des méditations. Non des prières ou des gloses. Des chemins reparcourus dans une telle solitude que l'auditeur se sent appelé à s'y engager sans retour. L'intensité de la solitude dans laquelle il joue, du vide où il avance donne une force extraordinaire :

l'œuvre est alors la seule chose qui existe, comme s'il jouait son être, déchiffrant des significations inconnues.

Parfois, il est vrai, cette invention de la partition prend des aspects de gratuité et se dégrade en parti pris de faire le contraire de ce qui est attendu, de ce qui, à tort ou à raison, est dicté par la tradition. Dans les *Inventions à deux et trois voix* de Bach notamment, dans Beethoven souvent, les tempos sont délibérément inversés (les pages que l'on joue rapidement, il les joue deux fois plus lentement et vice versa).

L'interprétation musicale possède deux qualités qui doivent rester paradoxalement unies. Une liberté de venue transcendant les clichés, et un sens de l'inévitable.

Mais la beauté souvent s'atteint malgré soi. Non pas par mégarde ou maladresse : elle n'a rien de l'acte manqué et l'inconscient ne jouit d'aucun privilège esthétique. C'est au contraire par l'emploi délibéré de moyens finis, obéissant au souci d'une forme arrêtée, que l'infini dont elle est le signe peut être touché. Une énigme n'est jamais vague.

De même que les créateurs inventent leur propre généalogie, et produisent la tradition qu'ils incarnent, les interprètes forgent la loi de leur absence de loi. Marquées parfois du sceau de l'arbitraire, les interprétations de Gould ont cette force des énigmes : tout est dit et tout reste à dire. Arbitraire, non au sens de l'absence de loi, mais au sens de l'arbitraire de la langue : une extravagante nécessité s'imposant à nous sans que le désir puisse y redire. (On remarquera à quel point seules les notions empruntées au registre de la parole : diction, énoncé, articulation, élocution, permettent de rendre compte des singularités interprétatives de Gould.)

L'énigme, ce n'est pas que rien soit là obscur. Tout est en pleine lumière, les lignes, les plans, les volumes, le lexique et la syntaxe, le discours et les figures, la densité et la transparence. Mais précisément, dans cette évidence qui aveugle, la formule demeure, indéchiffrablement déchiffrée.

28

Le 10 janvier 1955, David Oppenheim, directeur des disques Columbia, rendit visite à Alexander Schneider dans sa maison de New York. Ils écoutèrent un enregistrement de Dinu Lipatti, et Oppenheim se prit à rêver d'enregistrer un autre pianiste aussi exceptionnel. Schneider, qui avait fait avec Gould de la musique de chambre, répondit que cet autre existait et allait jouer au Town Hall le lendemain. Le 12 janvier, Oppenheim, transporté, signait le premier contrat de Gould. À la mi-juin le pianiste enregistra les *Variations Goldberg* au studio Columbia à l'angle de la Troisième Avenue et de la 30ᵉ Rue Est.

Le destin aime les symétries, mais pour les déjouer, les rompre. La seconde version des *Variations Goldberg* fut, comme la première, enregistrée à New York, dans les mêmes studios. Mais le piano n'était plus le même. Un Yamaha, d'ailleurs admirable, avait remplacé le Steinway.

Délié avec une précision inouïe, gravé d'un geste sûr et comme premier, galbé d'un poli de statue, le second enregistrement possède l'éclat de la pierre. Il est, paraît-il, des diamants noirs. La musique se fait pur espace, volume, présence compacte. Elle se tient à l'écart de celui qui l'écoute, isolée, presque dérobée, offusquée par sa propre évidence. On se croit congédié, jeté hors.

En 1955, Gould avait décidé de présenter son disque avec en couverture trente photographies de lui (une par variation), dont chacune montre un aspect de sa personnalité. Sur la dernière version, une seule photographie. L'homme est vieilli, plus que vieux (il n'avait pas cinquante ans), usé par les médicaments. Le merveilleux visage d'adolescent qu'il avait su garder longtemps était recouvert d'une suie froide, et il n'y avait plus la musique, comme sur les dernières bandes filmées, pour l'éclairer encore par instants.

La différence entre les deux versions tient en un mot : moins.

Moins vite, moins de tensions et d'intentions, moins de dehors. Gould enlève, il procède par soustraction, omission, ellipse, et pourtant, tout est là. C'est l'incroyable : au bout de ce moins, plus nous est donné. L'art procéderait-il toujours « *per via di levare* » ? Même s'il ajoute, comme le fait Gould, accentuant les voix intermédiaires, médianes, j'allais dire intérieures. Gould aurait sans doute dit que pour prier, il faut avoir les mains vides.

29

L'art de la fugue est pour Gould le premier moyen de fuir le monde, de ne plus être divisé par le temps, la première figure de la séparation. « La fugue suscite une curiosité primordiale ; curiosité qui consiste à essayer de découvrir dans les rapports d'affirmation et de réponse, de défi et de riposte, d'appel et d'écho, le secret de ces lieux immobiles et déserts qui détiennent les clés de la destinée de l'homme, mais qui sont antérieurs à toute souvenance de son imagination créatrice. »

Il aimera toujours les textures étagées, les épaisseurs de voix, chacune faisant un instant écran si on lui accorde le premier plan, derrière lequel les autres s'atténuent sans disparaître. Le contrepoint est le terrain par excellence de la distance gouldienne. Une musique en masque toujours une autre et la fugue est une feinte, un moyen d'échapper à la répétition en organisant la répétition selon des lois strictes. Elle est dépossession : un sujet au détriment des autres, une musique en renonçant aux autres, une voix se séparant des autres.

Gould a raconté comment il travaillait les fugues du *Clavier bien tempéré*. Il jouait les trois ou quatre voix ensemble, en entier. Puis il réécoutait au casque, assis au piano, en jouant d'abord la voix de basse qui lui semblait alors venir à la fois de plus loin que la musique des écouteurs, et de plus près, puisque montant des doigts; puis il refaisait de même avec, cette fois, la voix de ténor, celle d'alto ou de soprano.

Bach disait du contrepoint deux choses contradictoires, comme est contradictoire la solitude avec la solitude : c'était pour lui une conversation entre amis, quelque chose de quotidien, de divers, mais aussi une offrande musicale adressée du tréfonds de l'oraison au divin. Ce n'est pas que Gould n'aimât pas la mélodie. Il n'aimait pas qu'il n'y en ait qu'une. Il aimait cette forme qui s'interroge sans cesse sur sa propre forme, et il lui fallait peut-être la multiplicité des voix pour faire entendre la sienne. Il aimait surtout l'absence de conclusion nécessaire (contrairement à la forme sonate ou prévalent les formules cadentielles). Deux formes d'infinitude si l'on veut, verticale et horizontale.

Peut-être lui était-il si facile d'être seul parce qu'il était plusieurs. Extrême clarté des plans, exact dessin de chaque ligne, voix toutes différemment timbrées, jamais comme dans les Bach de Gould on n'éprouve à ce point la certitude d'une lecture de tous les plans de l'écriture.

Il parlait comme on compose une fugue, allant jusqu'à faire en une seule phrase quatorze niveaux de parenthèses, clauses annexes, à-côtés et à-côtés d'à-côtés, mais il menait en ordre sujets et contre-sujets, et refermait chacune des parenthèses comme il fallait, finissant la phrase où il l'avait commencée. Peut-être ne peut-on demeurer seul si l'on ne s'accepte divisé, multiple, peuplé, mais avec, comme dans la plus complexe des fugues, des éléments d'unité : tonalité, instrumentation, tempo.

Il aimait les formes fuguées en raison de leurs caractères subjectifs plus souples que ceux de la forme sonate. Les oppositions (de mouvements, de thèmes, de tonalités) y sont remplacées par des rapports non conflictuels. Les tensions sont évitées au profit d'un déplacement constant, car la fugue doit opérer, non sur des motifs délimités et stables, mais sur des fragments mélodiques constamment changeants, furtifs, ouverts, des êtres de fuite n'existant que dans leurs rapports réciproques. Pas d'altercation dramatique. Une constante densité. Quelque chose de la pulsion, sous la propulsion férocement allègre de son Bach.

Autre exemple de cette utilisation de la fugue comme forme sublimée de la contradiction : le début de son émission *The Quiet in the Land*. Un jeune mennonite déplore le matérialisme ambiant des habitants de la petite communauté, tandis qu'on entend

Janis Joplin chanter : *O Lord, won't you buy me a Mercedes Benz* ? (« Mon Dieu ! Achète-moi une Mercedes »), le tout sur fond d'un service religieux à l'église locale. Voici les contraires : Dieu et l'argent, réunis et opposés, la chanson rock mêlée aux répons.

Gould avait l'esprit de contradiction. Il jouait la musique contrapuntique en insistant sur l'horizontalité, et la musique monodique, comme si elle était polyphonique, forçant par exemple telle ligne intérieure d'un *Intermezzo* de Brahms à sonner comme la voix d'un contrepoint.

Il jouait souvent comme divisé, une main faisant des mouvements erratiques, tandis que l'autre traçait la plus sûre des architectures, ou caressait la plus chaste des lignes.

Il n'écrivait jamais sans être entouré d'au moins deux sources sonores, et ses interlocuteurs au téléphone devaient capter sa voix sous un bruissement de feuilles de papier, un remuement de meubles entrecoupé de bribes de télévision. « J'ai découvert un jour que je pouvais apprendre mieux la difficile partition pour piano de l'*Opus 23* de Schönberg, si au même moment j'écoutais de la musique sur la modulation de fréquence, et les nouvelles sur les grandes ondes. Je veux rester en contact », ajoutait-il mystérieusement. Avec qui, ou quoi ? Et pour fuir quel autre contact ?

Il aimait la fugue parce que c'est une forme dont la fin n'est pas une chute, une cadence, mais un suspens, une ouverture. Pour clore une fugue, le plus souvent, on resserre sujet et réponse, on les emmêle en une *strette* ; ou bien, on récapitule, on fait entendre une dernière fois sujet, réponse et contre-sujet.

La fin de sa vie semble obéir à ces moments, à ces figures presque obligées : les fils se font indiscernables, se dévident, s'accélèrent. Et puis, ce recommencement des *Variations Goldberg*, devant les caméras de Bruno Monsaingeon et les micros de C.B.S. Qu'il est vieux, ce jeune mort qui les rejoue une dernière fois !

Peut-être Gould était-il simplement de ces êtres qui n'aiment pas que les choses finissent, regardent le jour déclinant comme une menace qu'ils fuient dans l'obscur d'une salle de cinéma, désirent les musiques qui ne concluent pas, fréquentent les compositeurs démodés, écoutent tous les *latecomers* (retardataires) du monde, comme ceux de Terre-Neuve, arrivés quand rien ne s'y passait plus pour y rester toujours, sans autre projet que de durer, traînent leurs phrases, inextricable lacis, d'incidentes en digressions, jusqu'à ce que ce soit l'auditeur épuisé qui perde le fil, cherchent le septentrion où l'hiver installe la nuit lente, et l'été emprunte à chaque tremblement du couchant un sursis de lumière rase, ceux qui se souviennent longtemps de la patine des pianos qui ont beaucoup été joués.

Pourtant, mais peut-être aussi à cause de cela, il ne s'est pas attardé parmi nous. Il est sorti un peu avant la fin de la séance, fuyant la pénombre, voulant cacher un corps déchu, content d'étonner la vieillesse en lui faussant compagnie. Il aurait tant voulu certains soirs d'autrefois quitter la performance avant que les lampes se rallument. Il s'est esquivé comme il faisait toujours, furtivement, avec sans doute pour les médecins un sourire désolé au fond de ses yeux rêveurs noyés dans la pâleur d'un visage de papier.

30

Vint le moment où l'ange se changea en fantôme. Glenn Gould passa irrémédiablement de l'autre côté des choses. On aimerait qu'il ait terminé sa discographie comme il l'avait commencée, par les *Variations Goldberg*, pour la beauté du geste, et la méditation de la courbe d'une vie. Mais il enregistra encore, après sa deuxième version des *Variations*, deux *Sonates* de Beethoven (la douzième et la treizième), les *Ballades* opus 10 et les deux *Rhapsodies* opus 79 de Brahms, la *Sonate* en *si* mineur et les *Cinq Pièces* opus 3 de Richard Strauss. Tous enregistrements, il est vrai, d'une funèbre imprécision.

Il avait annoncé en 1979 qu'il envisageait de s'arrêter d'enregistrer en 1982 pour ses cinquante ans. « Assez de Gould », avait-il dit étrangement. La seconde version des *Goldberg* fut publiée à l'automne de 1982, avec au recto de la pochette un Gould hanté, peiné, vidé. Au verso, seuls son piano et sa petite chaise vide qui avait même perdu son couvercle. Les *Variations Goldberg* finissent comme elles ont commencé. C'est ce que Gould aimait en elles : « Une musique sans fin ni commencement, qui n'a pas de vraies tensions ni de vraies résolutions. » Trente variations, comme trente ans de carrière.

Celui qui pense se détourne toujours de la scène, se retire à l'écart des vivants : « Tantôt je pense, tantôt je suis », disait énigmatiquement Valéry. Gould vivait seul; il n'était jamais seul. Il avait toujours de la musique plein la tête. Quand il parlait à quelqu'un, c'était toujours avec une arrière-musique pour se protéger, s'exiler de la parole qu'il entretenait pourtant avec une allégresse parfois maniaque. Souvent, il s'arrêtait au milieu d'une phrase et questionnait : « Savez-vous quelle œuvre est en ce moment au fond de ma pensée ? » La réponse était, vers la fin, de plus en plus prévisible : les *Métamorphoses* de Richard Strauss. Dans les toutes dernières semaines, John Lee Roberts dut une fois encore deviner quelle musique habitait Gould, l'empêchant de parler, parlant en lui. Cette fois Roberts s'était trompé; c'était, toujours de Strauss, son *Opus ultimum*, les *Quatre derniers Lieder.* Au bout d'un moment, Gould parut entièrement épuisé. « Je crois deviner où vous êtes, lui dit son interlocuteur. – Oui. – Le dernier *Lied*, déjà ? – Oui, c'est exactement là que je suis. » Là, le poème dit : « *Ist dies etwa der Tod ?* », « Est-ce déjà la mort ? » La partition porte *immer langsamer* (toujours plus lent), puis *ritard.*, et encore, sur le mot *Tod*, quand la sensible, *si* bémol, rejoint la tonique, *do* bémol, *sehr langsam* (très lent).

La musique (plus que le piano) avait été pour lui la logique formelle et nue d'une réponse à une question que les gens normaux ne se posent pas, et qu'aucune résolution n'apaise vraiment. Ne me demandez pas laquelle, car en essayant de la dire, je la fuirais. La musique, par le détachement obligé, était ce lieu d'absence où seulement peut se recueillir l'*autre présence.* Là, et nulle part ailleurs, il pouvait poser et reposer l'équation entre lui-même et ce qui n'était pas lui-même.

Pourtant, vers la fin, il parut se lasser du désir théorique, et se déprendre de la sculpture sur temps qu'est la musique, comme on dit : sculpture sur bois. Ne restait qu'une fatigue physique, celle qui fait retomber la main avant que la lettre ou le livre ne soient achevés, celle qui fait retomber lourdement celle de Gould dans les *Rhapsodies* et les *Ballades* de Brahms enregistrées de février à avril 1982, comme on se hâte de finir une chose, presque négligemment, rien que pour l'avoir finie.

Gould y est un peu en dessous de lui-même, étrangement absent, comme s'il se regardait jouer à travers la vitre du studio, et que s'entendre était soudain devenu très vain. Une dernière écharde qu'il faut extraire. Dans son corps exténué, une intelligence inquiète brille encore. Quelque chose qui ne veut pas se détacher et que la musique continue de désigner.

On songe à Schumann, confiant à son Journal en juin 1831 : « Musique, combien tu me répugnes. À en mourir. »

Dans les derniers mois, il avait lu un livre qui ne le quittait plus : *The Three-Cornered World* (« Le monde à trois angles »), de Natsume Soseki. Livre de sagesse orientale ou de mysticisme – je ne sais. Il le lut en entier au téléphone à sa cousine Jessie.

Il avait annoncé qu'il arrêterait les concerts à trente ans. Il le fit à trente-deux. Il envisageait de cesser d'enregistrer à cinquante ans. Le jour de ses cinquante ans, samedi 25 septembre 1982, C.B.S. publia la seconde version de ses *Goldberg*. Le surlendemain, Gould entrait dans la mort, et nombreux furent ceux qui entendirent en même temps l'enregistrement qu'ils attendaient avec ferveur et la nouvelle de la mort de celui qui l'avait fait. Je sais qu'il n'existe pas de lien entre le mot de coma, désignant l'état qui fut le sien pendant huit jours, à l'Hôpital général de Toronto, et celui de comma, signifiant un petit intervalle entre deux sons. J'aurais aimé qu'il y en eût un, cela se serait accordé à l'ironie mauvaise du destin. Gould avait cinquante ans et deux jours, lorsque ce fut la salle de réanimation qui remplaça le studio de mixage. Une technologie pour une autre.

Il voulait cesser d'enregistrer lorsqu'il estimerait n'avoir plus rien à dire du clavier sur lequel depuis si longtemps il se tenait courbé. Ce n'est pas, comme d'autres pianistes, afin de chercher dans la direction d'orchestre un moyen musical plus vaste, même si, au cours de l'été, il avait engagé l'Orchestre de Hamilton et enregistré avec lui dans un auditorium de collège le *Second Concerto* de Beethoven. Sans public, bien entendu. Il ne voyait pas dans la direction d'orchestre une seconde carrière, sans doute parce qu'il est plus difficile encore de diriger un orchestre uniquement en privé, que de jouer du piano. Il voulait écrire, seulement écrire, non pas composer. Avec des mots. Et pourtant, lui venaient avec le soir des mutités de pierre. Il ne téléphonait plus guère.

Le jour de son attaque, Gould s'était réveillé nettement plus tôt que d'ordinaire, vers deux heures et demie ou trois heures de l'après-midi. Il avait une immense migraine. Il appela Ray Roberts, son factotum, sans qui il ne pouvait rien faire de matériel. Ray, qui avait les clefs de sa voiture, baptisée *Longfellow* – choisie à cause de l'inclinaison particulière de son siège, qui ne heurtait pas le dos, ni ne tordait la nuque –, les clefs de l'appartement, les clefs du studio à l'hôtel, Ray qui restait en contact permanent avec lui par un système d'alerte électronique et devait répondre à tout appel.

Ce jour-là, il ne put le joindre. Ray avait dû s'absenter, pensant qu'il ne se réveillerait pas si tôt, et ce n'est que deux heures plus tard que sa femme parvint à le prévenir. Peu-être un faux contact dans le téléphone qu'il avait fait installer dans sa voiture à la demande de Gould. La technologie elle aussi a parfois des absences.

Lorsqu'il arriva enfin, accompagné d'un médecin, Gould était déjà confus, mais encore conscient. Il ne voulut pas qu'on le conduisît à l'hôpital en ambulance. Était-ce à cause du blanc ? Il voulait y aller seul, dans sa *Longfellow* noire.

On discuta ; cela prit du temps. Arrivé à l'hôpital, Gould eut une seconde attaque. Je ne sais qui lui referma les yeux. Ces yeux excavés qu'on lui voit sur les dernières photos. Il faisait à Toronto un temps très doux, comme si l'automne du Nord ne voulait pas venir. Un temps qu'il n'aurait pas aimé.

Dans sa chambre, près de son lit, on retrouva deux livres : sa vieille Bible, annotée et fatiguée d'innombrables lectures, et *The Three-Cornered World*. La Bible est aujourd'hui dans les mains de Jessie, sa cousine, sa vraie sœur. Jessie, qui ne pense qu'aux fleurs dont elle pourra orner sa petite église d'Oshava, à trente kilomètres de Toronto, et qui ne possède pas les enregistrements de Glenn Gould.

Le 5 octobre, sa dépouille fut exposée au Humphrey Funeral Home, sur Bayview Avenue. Le vendredi 15, un service fut rendu à l'église anglicane Saint-Paul, sur Bloor Street East. Il faisait froid, et une fine bruine se mêlait au vent. Gould commençait enfin son hiver dans le noir.

La cérémonie rassembla près de trois mille personnes. La plupart n'avaient jamais rencontré Gould, et beaucoup étaient venus de très loin. Ils n'auraient pas su dire pourquoi. Peut-être cette sorte d'amitié absurde pour quelqu'un qu'on ne connaît pas, mais dont on s'imagine qu'il vous connaissait, vous parlait.

Lors du service funèbre, on entendit de la musique. Bach était de circonstance, et la contralto Maureen Forrester chanta notamment une *Aria.* (Gould avait dirigé un orchestre accompagnant Maureen Forrester dans le solo d'alto de la *Deuxième Symphonie* de Mahler, pour une émission de la C.B.C. en février 1957.)

Puis, il y eut un silence, qui dura, jetant l'assistance dans un léger désarroi. Les gens ne firent aucun geste et demeurèrent figés lorsque s'éleva, hésitante et souveraine comme il la jouait, l'*Aria* d'ouverture des *Goldberg.* Le son transparent et fragile emplit l'église. Beaucoup, qui ne connaissaient que l'interprétation ancienne, ne reconnurent pas le tempo, si lent – une formule qu'on prononce en laissant chaque mot entrer en résonance avec les autres –, mais ils retrouvèrent l'articulation de Gould et, mêlée aux notes, son fredon, telle une ombre furtive accompagnant un corps lumineux.

La Bibliothèque nationale du Canada entreprit de recueillir les documents et les objets ayant appartenu au pianiste. L'exécuteur testamentaire, Stephen Posen, contacté par la division Musique de la Bibliothèque, accepta que celle-ci dressât l'inventaire de ce que contenaient l'appartement et le studio de l'*Inn on the Park.*

Il fallut faire un choix. On décida de ne garder

qu'une demi-douzaine de meubles, une paire de mitaines trouées au bout des doigts, un foulard, un chapeau, un manteau, quelques autres articles vestimentaires. Bref, la panoplie du parfait excentrique, que l'on promènera, avec l'inévitable petite chaise, d'exposition en hommage, à travers le monde, comme un pianiste en tournée. Le portrait mythique de Glenn Gould en Glenn Gould.

Puis le Glenn Gould Estate mandata un biographe, Otto Friedrich, écrivain et collaborateur de *Time*, pour qu'il écrive une vie du disparu, en lui demandant, paraît-il, de ne pas aborder le chapitre de sa vie sexuelle et affective. Friedrich s'acquitta de sa tâche, et sa biographie devait être publiée en 1988 chez Harper and Row. Mais il semble que l'avant-texte n'ait pas satisfait les garants de la mémoire, et que la publication du livre ait été retardée.

La Bibliothèque reçut plus de deux cents boîtes de documents. Elle n'en conserve en archives que cent vingt. Le soin d'organiser les documents en vue de leur consultation fut laissé à Mme Ruth Pincoe, une bibliothécaire pigiste de Toronto recrutée par le Gould Estate au lendemain de la mort du pianiste. Sur ce total, à peine dix contiennent des documents concernant les concerts. Dix-neuf contiennent des brouillons et des copies d'articles publiés. Quatre, des feuilles volantes et des manuscrits ou carnets à déchiffrer. Quatre, des photographies ; une, des documents médicaux ; et cinq, des documents financiers. On recueillit encore 1 530 cassettes, 360 enregistrements non publiés ou fragments d'enregistrements écartés, 150 bandes de magnétoscope et 240 disques. Parmi les 1 500 livres qu'on retrouva, on fit un tri. On trouva qu'il y avait trop de livres, sur trop de sujets. La plupart furent mis au rebut.

Le Steinway CD 318 fut racheté par le gouvernement canadien qui entreprit de le restaurer. Gould s'en était défait en 1980, quand une ultime restauration l'eut définitivement guéri de ses incurables maladies qu'il aimait ant.

À la fin de sa vie, Gould avait déclaré à Robert Silverman que le prochain article qu'il donnerait au *Piano Quarterly* serait une sorte de journal, semblable à celui du pianiste William Kappell, que la revue venait de publier, mais écrit après coup. Cela devait former le début d'une autobiographie, projet que Gould avait longtemps refusé d'aborder, tout en veillant avec un soin jaloux à contrôler ce que d'autres pouvaient dire de sa vie, comme en témoigne le commentaire acerbe qu'il fit de l'ouvrage que lui consacra Geoffrey Payzant.

Cette autobiographie, Gould ne l'a pas écrite. On le regrette amèrement, quand on entend les portraits qu'il fit (sur dix-sept émissions de radio, sept sont des vies d'artistes : trois de Schönberg, une de Strauss, une de Casals, une de Stokowski et une de Petula Clark). Mais on peut trouver d'indirectes bribes de cet autoportrait dans ses documentaires radiophoniques consacrés aux reclus, aux exclus, aux solitaires, à ceux qui, dans les plaines désolées du Nord, comme dans les canyons de Manhattan, aiment marcher longtemps sans rencontrer personne. À ceux dont il disait qu'ils étaient « dans le monde, mais pas au monde ».

« L'histoire de sa vie se confond avec celle de son œuvre », dit-on souvent dans les vies d'artistes, ce qui n'empêche pas d'étudier l'une et l'autre comme si elles étaient séparées. La formule serait évidemment dérisoire pour parler de Gould. Parce qu'une expression comme l' « œuvre de Gould » l'eût fait éclater de rire, et parce que, de vie, il n'en eut point, sauf à considérer comme vraie vie, cette non-vie dans laquelle il se relégua. Parce qu'enfin, cette vie brève et lente ne fut pas sans dissonnances, cette œuvre, sans défaillances.

Comme c'est de peu de sens, ce qui reste d'une vie, et enchevêtré ! Une page griffonnée. Deux mots qu'on croit lire. On en fait une rumeur ou une légende. Le posthume tisse sa toile, reprend les lignes rompues, méconnaît que certaines n'allaient nulle part, les prolonge à la rencontre les unes des autres, les ajointe subtilement. Il veut donner une cohérence à ce désordre que le mort laissa. Il ensevelit ses aspérités sous un voile de piété et arase ses gouffres par des mensonges. Toutes les pensées se composent, tous les visages s'unissent. Un Gould réconcilié ?

Ai-je su moi-même éviter de monnayer en anecdotes cette vie qui ne fut mémorable que comme un fil tendu entre destruction et beauté ? N'ai-je pas cédé au goût du portrait retouché et sacrifié aux illusions de l'embaumement ? Je sais qu'on ne déchiffre pas un homme comme une partition, et que ce qu'il y avait en Gould de rétracté, loin d'être mis à nu par les secrets que je crus y lire, n'en demeure sans doute que plus voilé. Pourquoi d'ailleurs accorda-t-il des entretiens si nombreux, précis, et pour certains, profonds, sinon parce qu'il savait combien les questions étaient toujours les mêmes, et était assuré que ses réponses le masqueraient davantage ?

Après tout, peut-être est-ce cela que j'ai voulu faire : vêtir Gould d'un tissu de mots pour qu'il fût à l'abri. J'espère bien qu'une fois achevé le parcours dans lequel je l'ai accompagné, il se retournera en souriant, un peu plus loin encore.

Les faits que j'ai rapportés sont attestés par des témoins. Presque rien que j'aie connu directement. Je n'ai ni sondé les mémoires, ni fouillé les archives. Un récit de récits. Est-ce pourtant qu'il peindrait un Gould imaginaire ? Sans doute. Des faits, il y en eut peu (une vie en contrepoint, mais où était le point ?), sauf ceux que Walter Pater, auteur de superbes *Portraits imaginaires*, appelait *soul facts* (« les faits de l'âme »). Quelque chose entre évidence et imagination, subjectif et objectif, comme les interprétations de Gould elles-mêmes.

Des événements, il y en eut moins encore. Ou alors, il faudrait retracer ces événements : la douceur un peu meurtrie d'un soir au bord d'un lac, la première fois qu'on joue le *Choral* de Bach *Ich ruf' zu dir, Herr*, et que cette voix s'insinue en vous comme une faim, une envie de partir, la découverte d'une métaphore inaperçue dans le Livre de Job, le rapprochement entre une couleur mauve à la jointure des persiennes et un accord de septième diminuée chez Scriabine.

D'ailleurs, Gould déclara un jour que la seule biographie qu'il aimerait qu'on écrive sur lui ne devrait pas relater faits et gestes, mais être un ouvrage de fiction, comme si on écrivait par exemple la vie de Sherlock Holmes.

Ce n'est pas l'exact que j'ai ici cherché, ce qui s'est passé, peut-être était-ce le vrai, ce qui a été. Ou moins encore. Ce livre pourrait être autre chose. Une lettre à quelqu'un que je n'ai pas connu, parti trop tôt.

Le jour où fut annoncée la mort de Glenn Gould, j'étais à New York. Il faisait très beau. Une lumière qu'il eût aimée, qui ne blessait pas. Je suis allé à l'angle de la 30e Rue. Le studio d'enregistrement avait été démoli. Une grande excavation me regardait. Je lus dans le journal qu'il était mort d'un œdème pulmonaire. Je pensai qu'il avait finalement réussi à prendre froid.

Aria

La partition des *Variations Goldberg* veut qu'après la trentième variation, on reprenne l'*Aria* initiale exactement répétée et apparaissant tout autre simplement parce qu'elle vient après les trente variations qui la séparent du premier énoncé.

Il n'est pas possible, quand on écrit avec des mots, d'utiliser un tel procédé. Seule la musique, quand elle répète, ne répète pas. C'est là sa force ou sa folie : faire croire que le sens d'une vie peut toujours être rejoué, comme une *Aria da Capo*.

Il y a pourtant dans la deuxième version que donna Gould des *Goldberg* un imperceptible changement. Un élément qui n'est pas exactement identique dans les deux *Arias*, celle du début et celle de la fin. C'est à la dernière mesure, les dernières notes de l'œuvre. La première fois, il joue la résolution vers la tonique (*sol*) en respectant le texte de Bach qui veut là une appoggiature (demi-ton *fa* dièse-*sol*), mais avec un décalage : il l'amène par un *diminuendo* et un *ritardando* et termine l'*Aria* double *piano*.

La seconde fois, Gould omet l'ornement. Pourquoi ? Pour montrer que le parcours à travers les variations atteint cette fois un point d'équilibre absolu, et qu'il n'y aura pas de recommencement, d'appel, comme au début, vers l'*attaca* de la première variation. Quelque chose d'irrévocable, de scellé, se dit dans ce détail infime, cette note de passage absente. Le point est un point final.

Glenn Gould a enregistré presque tout l'œuvre pour clavier de Jean-Sébastien Bach, avec une telle adéquation à l'esprit contrapuntique, et une si grande cohérence entre l'intention et les moyens techniques, que l'on croit souvent à tort que Bach était le musicien qu'il préférait. Non, c'était Orlando Gibbons, pour la pauvreté, précisément, et Sibelius, pour le froid. Mais le Bach de Gould a cette énigmatique évidence des choses qui n'attendent rien de nous et ne nous supposent ni désir ni mémoire. La musique est alors non ce qu'on entend, mais ce qui nous entend.

Les *Toccatas* de Bach par Gould, c'est cela : une musique qui, nous écoutant, n'écoute qu'elle-même. Alors, on reçoit ces écheveaux de notes épurées de toute familiarité, cette lumière frileuse et frêle de la phrase comme on prend dans la main une jointée de silence.

Une musique quand même, malgré tout, plus forte

que tout, venue à travers tout, échappée d'un autre temps et d'un autre lieu, âgée et sans âge, incroyablement accordée à elle-même. Il y a dans cette musique quelque chose d'irrémédiable. Cela avance, c'est nu, et la grâce ne viendra pas. Une voix dans la nuit, pourtant. Élevée contre la disparition, la voix même de la disparition. Comme elle est patiente, et obstinée, et infatigable cette musique qui va comme on ne sait plus marcher, les pieds à la terre, les yeux perdus à la voûte.

Cependant, ce n'est pas son Bach que j'aime le plus chez Gould. C'est son Brahms; les *Intermezzi* et surtout le *Concerto* pour piano en *ré* mineur. J'aime ce lointain bouleversant du son. L'écorce amère des soirs, le dernier déchirement (pourtant, comme Gould était jeune, alors), l'approche de confins affûtés, atterrants, la tristesse infinie des ports, sans qu'on sache si c'est le souvenir qui se change en musique, ou la musique en souvenir.

J'aime entendre la musique comme quelque chose qui survit. Plus le son provient de loin, plus il me touche de près. « *Wie aus der Ferne* » (« comme venu des lointains »), cette indication qu'on trouve chez Schumann (dernière *Novellette* opus 21, 18e *Davidsbündlertänze* opus 6), ou chez Berg (*Wozzeck*, mes. 419-421), désigne les musiques les plus intimes, celles qui semblent monter du dedans. La musique en nous est ce qui n'est pas tout à fait au monde. Pas même le monde dénué, dénudé : l'absence de monde.

La dernière saison

Contrairement à ce qu'on pense, le dernier disque de Glenn Gould, non pas publié, mais enregistré, ne fut pas les *Variations Goldberg*, mais la *Sonate* de Strauss op. 3 n° 1, gravée au RCA studio A à New York en septembre 1982. Un mois après, la mort déroba le pianiste à notre vue et le rendit à la force de la musique qui est la force de l'invisible.

Quand Gould enregistra pour la première fois les *Variations Goldberg* en juin 1955, une partie du succès incroyable du disque fut sans doute dû aux photos de Dan Weiner qui l'ornaient. De longs cheveux bruns, des pommettes saillantes, un air qui n'était qu'à lui de toiser le monde, à la fois impérieux et assiégé. Un jeune romantique consumé de nostalgie, qui aurait abusé de la permission qu'ont les hommes d'être beaux. Quand Gould réenregistra les *Goldberg*, en avril et mai 1981, on fit en même temps un film sous la direction de Monsaingeon. Voyant ce film, on est atterré par le physique de Gould. Il a grossi, s'est affaissé. Ses vêtements sont gris, neutres, inexistants, sans forme, ses traits ruinés. Mais il porte des lunettes à monture noire. Pourquoi ? Gould ne joue pas en déchiffrant, puisqu'il n'y a pas de partition. De toute façon, il jouait toujours les yeux clos. Peut-être les lunettes n'avaient que des verres non correcteurs, et ne lui servaient pas à voir, mais à n'être pas vu. Peut-être son destin tout entier fut-il là : il ne voulait pas être vu, il voulait être entendu.

Revenons en arrière, en regardant ces deux visages, le jeune et le vieux, impossibles à relier par le sens d'une vie. Le 4 octobre 1982, un contemporain meurt, dont on sait vaguement qu'il sera aussi le contemporain de deux ou trois générations à venir. Les feuilletons, articles et oraisons funèbres le recouvrent. Les plumes pleurent de polies larmes imprimées. Le nécrographe prend la pose, et, espérant que la lumière du mort l'auréolera un peu, fait de l'ombre à la grande ombre du disparu. Mais dix ans ont passé depuis sa mort, et Gould reste à inventer, malgré les célébrations, les rétrospectives, les hommages.

Les questions ne cessent pas, et même les commémorations ne parviennent pas tout à fait à recouvrir la mémoire et à transformer en légende dorée l'énigme sombre d'une vie. Après la mort de Gould nous n'avons pas cessé de lui poser des questions : pourquoi la beauté ? la musique est-elle chose mentale, ou obscène jeu des corps ? faut-il jouer Mozart comme Beethoven, ou Beethoven comme Mozart ? ou encore, l'un et l'autre comme des virginalistes ? Après la mort, d'être désormais sans réponse, les questions ne sont pas moins mais plus nombreuses, et plus douloureuses à porter.

Que s'est-il passé dans ces dix ans concernant ce que nous savons de Gould ?

Il existe une fondation Glenn Gould, un prix Glenn Gould, une société Glenn Gould. Plusieurs colloques se sont tenus, des expositions. Un festival Glenn Gould se tint à Groningen en octobre 1992. Pas encore de « fête Glenn Gould », mais soyons-en sûrs, cela viendra. À lui aussi, on lui fera le coup de la « communication ». Bref, Gould est devenu un mythe, ou une star, ce qui revient au même. Son piano Steinway CD 318, exposé au rez-de-chaussée de la Bibliothèque Nationale du Canada à Toronto, s'ennuie un peu, mais rassurons-nous, bientôt il fera des petits comme le clavecin de Mozart et le perroquet de Flaubert.

Il avait averti pourtant : « Ma vie privée est austère et banale, un livre sur cette vie serait bref et ennuyeux. » Il se trompait. Une biographie fut écrite, ennuyeuse mais longue. La vie de Gould fut scrutée, racontée, analysée dans cette première biographie « à l'américaine » publiée par Otto Friedrich, *senior editor* à *Time magazine* [1]. D'autres travaux sont à venir. Je ne sais s'il faut écrire : à craindre. Friedrich fut choisi par le Glenn Gould Estate. S'il a eu accès à l'ensemble

1. Otto Friedrich, *Glenn Gould, a Life and Variations*, Random House, 1989.

des documents archivés à la National Library du Canada, s'il a rencontré, magnétophone en main, plus de quatre-vingts personnes, en revanche, il n'a pu publier sa biographie qu'après approbation et suppression de passages ou de sujets entiers à la demande de son commanditaire. Faut-il le regretter, et éclairer tous les recoins d'une vie ? Ne doit-on pas laisser Gould ombre parmi les ombres ? Gould survivra à la biographie qui l'embaume.

Comme souvent avec les morts, on lui fit les poches. On fouilla ses tiroirs. Le tiroir du sexe était si vide qu'on l'emplit de questions faussement ingénues : n'était-il pas en fait homosexuel, sous son absolue frayeur devant la sexualité ? Gould avait pourtant répondu à l'avance. Un jour, il déclara au bassoniste Nicholas Kilburn qui lui parlait de sexe : « Mon extase est ma musique. » Une réponse qu'il nous fait entendre, tout au long de dizaines de disques et de bandes vidéo, et que pourtant certains se refusent à entendre, croyant toujours la vie plus intéressante que l'œuvre. Une Glenn Gould Society, Église dont le siège est aux Pays-Bas, et qui recrute ses fidèles dans le monde entier, a publié une quinzaine de bulletins paroissiaux, et diffuse inlassablement aux fins d'édification les moindres faits et gestes du saint.

Lisant ces sources, vous saurez tout, ou presque : que son patrimoine, à sa mort, s'élevait à 75 000 $ et comprenait essentiellement des valeurs mobilières, mais vous ne saurez pas quel jeu il entretenait avec l'argent. Vous saurez la liste effarante des médicaments qu'il avalait chaque jour, mais vous ne saurez pas pourquoi il ne pouvait vivre sans ingurgiter cette pharmacie. Vous saurez qu'il neigeait à Chicago le jour de Pâques, 29 mars 1964, quand Gould donna son dernier concert dans cette ville, mais vous ne saurez pas pourquoi ce fut son dernier concert. Vous saurez même qu'en fait, et contrairement à ce que j'ai moi-même écrit naguère, ce ne fut pas son dernier concert, et que, le 10 avril suivant, il joua encore une fois, au Wilshire Ebell Theater de Los Angeles. Mais vous ne saurez pas pourquoi il substitua la *Sonate* opus 109 à la *Sonate* opus 110 ce soir-là. Et moi non plus, je n'en sais rien. Car si j'ai dit que c'était le dernier concert, ce n'était pas pour raconter ce qui s'est passé (je n'y étais pas), mais pour tenter de dire *qui* était Glenn Gould, et, pour cela, il me fallait peindre Gould décidant de quitter la scène quelque part au milieu de l'*Arioso dolente* de l'opus 110, exactement à la mesure 17 du troisième mouvement. De même, lorsque j'ai placé en exergue de mon livre cinq vers de T.S. Eliot, je ne savais pas que c'était l'un des auteurs préférés de Gould et qu'il le citait souvent dans ses papiers. Enfin, lorsque j'écrivis que je ne savais pas quelles fugues de *L'Art de la fugue* joua Gould à son (avant-) dernier concert, en fait je savais fort bien lesquelles, mais ces décalages étaient voulus pour arracher Gould à l'ordre du savoir et de l'exactitude biographique et le faire entrer dans l'ordre de la fiction, qui est celui de la vérité.

D'ailleurs, le biographe lui-même laisse toujours

derrière lui des contradictions et préserve en chacun de nous un espace intime où, écoutant Gould, nous récrivons sa biographie, un espace affranchi de toute exactitude factuelle. Ainsi, page 354, Friedrich donne comme programme du dernier-dernier concert (Los Angeles) l'opus 110, comme à Chicago, alors que page 108 il écrit que le pianiste avait substitué l'opus 109 à l'opus 110.

Qui est dans le vrai ? Qui sait ? Faut-il savoir ? Faut-il savoir pour aimer ? Bien sûr que non. Il y a dans l'amour, ou simplement dans l'écoute, un autre savoir que celui des biographies. Même si le savoir élargit et relance l'amour, il ne le rattrape jamais. Pour comprendre, il faut s'éprendre.

Finalement, comme chacun de nous, Gould n'aura vécu que pour ce qui ne peut s'écrire dans une biographie : certains ciels qui nous fendent, un livre qui nous change, un sourire qu'on nous offre, la musique de Sibelius, qui redit le nulle part, disparaît en tant que musique et devient autre chose : une clairière, un regard, une pensée. Les biographies apprennent peu sur l'homme qui fut, encore moins sur le créateur. Chacun ne possède que sa folie privée, ses manies secrètes ou visibles, ses brisures, vastes ou infimes, qui ne se trouvent qu'entre les pages de sa vie écrite.

Mais ce qui s'est passé vraiment depuis la mort de Gould ne concerne ni sa vie ni les versions qu'on en donna, c'est l'édition de nombreux disques inédits et la réédition d'autres introuvables. Le temps a donc dévoilé et élargi l'œuvre (Gould est un des rares interprètes à propos de qui ce mot ne soit pas excessif), qui comprend aujourd'hui nombre d'enregistrements que nous ne connaissions pas. Ceci confirme l'étrange loi qu'énonça Sainte-Beuve, qui n'était pas si obtus que Proust voulut bien le dire : « Il n'existe pas proprement de biographie pour un homme de lettres, tant qu'il n'a pas été un homme public : sa biographie n'est guère que la bibliographie complète de ses ouvrages, et c'est ensuite l'affaire du critique-peintre d'y retrouver l'âme, la personne morale [1]. » La vraie vie de Gould, c'est sa discographie. Non qu'il n'ait pas écrit, il envisagea même d'écrire sa vie, pour Robert Silverman, *editor* du *Piano Quarterly*, un peu à la manière des souvenirs du pianiste légendaire William Kapell qu'il avait publiés. Mieux vaut sans doute qu'il ne l'ait pas fait. Quels que fussent ses talents littéraires, ce sera toujours son piano qui nous dira le mieux la vie de Glenn Gould. Ou bien ses émissions de radio, *The Solitude Trilogy*, composée de *The Idea of North*, *The Latecomers*, et *The Quiet in the Land,* qui sont sa véritable autobiographie, où il cite cette phrase des mennonites, qui lui convient si bien, se disant « dans le monde, mais non au monde ». On pourrait également dire de lui ce qu'il disait de Terre-Neuve, où il débarqua du SS Leif Ericson un jour de 1968 : « Sa réalité, c'est la séparation. »

Le destin de Gould prit la forme d'une parabole, aux deux sens de ce mot : une signification cachée, une

1. Sainte-Beuve, *Mes poisons*, José Corti, 1988, p. 267.

trajectoire d'ascension et de chute. On retrouva, parmi les monceaux de factures, télégrammes, chèques, papiers, manuscrits, articles, des lettres aussi, un nombre incroyable de lettres, la plupart non ouvertes. Telle celle-ci, en un français brisé, de Budapest : « Je suis hongroise. J'aime beaucoup le musique. J'ai entendu le votre concert en la radio. Je suis la votre appassionné ammiratrice... » On trouva encore parmi les choses du défunt un cahier couvert de papier brun. Il portait, de la main de Gould, un titre, probablement celui d'une autobiographie projetée : *Essence of an Enigma.* Toutes les pages étaient blanches.

Les biographies n'apprennent rien et celles des artistes laissent toujours inexpliquée l'énigme de la création. Parce que les vies elles-mêmes ne disent jamais le dernier mot. Qu'est-ce qu'une vie ? Une vie, ce sont d'abord des vies, certaines loin vécues, d'autres à peine songées. Des vies promises, des vies reniées. Et les autres ne voient qu'une vie, et la voudraient d'une pièce, cohérente, sans faux raccords, truquages ou secondes prises, et c'est pour cela qu'ils aiment tant les enregistrements *live* : ils y voient l'apparence de l'unité de temps et de lieu, ils croient y lire le signe de la vérité.

Prenons la dernière année de Gould. On pourrait la voir comme un déclin médité et uniforme. On pourrait aussi la peindre miroitante de projets et de couleurs, enivrée du désir de recommencer : Sam Carter, de Columbia Records, affirme qu'il voulait réenregistrer les *Inventions* et le *Concerto italien* de Bach. Oui, même le *Concerto italien*, qu'il détestait. Allez comprendre! Jessie Greig, la tendre cousine, rapporte qu'il voulait écrire un roman historique qui se serait situé en Écosse. Neville Marriner discuta avec lui le principe d'une intégrale des *Concertos* de Beethoven. Bruno Monsaingeon envisagea avec lui deux films, l'un sur *Siegfried Idyll*, l'autre sur la *Messe* en *si* de Bach. John McGreevy l'entendit parler d'un troisième, tourné dans l'Arctique. Jessie encore le décrit alors comme « poussé », contraint d'aller au bout. Mais elle ne comprit pas au bout *de quoi* Glenn Gould entendait aller. Au bout de Bach, peut-être, ou de la fatigue. Gould parlait aussi d'une maison pour quand il serait vieux et sénile, mais c'était peut-être une façon de dire, et de ne pas dire. Peut-être s'inventait-il des couvertures pour qu'on le laissât mourir tranquille.

Quand dans sa dernière saison il voulut abandonner le piano, pour devenir chef d'orchestre, ou écrivain, ou réalisateur de films, ou gardien d'une arche pour animaux abandonnés – il ne savait pas, mais quelle enfance dans tout cela! –, eut-il la prémonition que la fin du piano serait pour Gould la fin de Gould ? Que le Yamaha trouvé chez Ostrovsky un jour de 1980, qui fut son dernier piano et lui rappela si fort son tout premier, le vieux Chickering, serait vraiment le dernier ? Ce à quoi il songeait était certes la répétition de l'abandon du concert, dix-huit ans plus tôt, mais cette fois-ci sans retour, car il fut pris au mot. Alors, les uns l'entendirent annoncer qu'il ne jouerait plus jamais de piano, d'autres, qu'il ne ferait plus que ça, toute la nuit, toutes les nuits.

Qui croire ? Les uns et les autres, sans doute. De même qu'auraient dit juste ceux qui le virent dans son dernier été de 1982 tel un jeune homme et ceux qui croisèrent un vieillard. Si son portrait se précisa, la figure resta dans l'ombre. Une ombre que la lumière de sa gloire ne fit qu'accroître. Car le mystère demeure. Qui était Gould ? Je ne sais, mais il ne fut ni celui qu'il croyait être ni celui qu'on dit qu'il fut.

Je ne suis pas de ceux qui considèrent Glenn Gould comme un produit culturel et l'écoutent avec seulement de l'admiration. Je ne dirais pas non plus qu'il est un maître, bien qu'il mérite davantage que la plupart des artistes ce nom. Il est plus et moins pour moi. Un ami, si je puis dire. De ceux à qui j'essaie d'être fidèle : Glenn Gould et Charles Baudelaire, Jean-Sébastien Bach et Thomas Stearns Eliot, Francesco Guardi et Maria Callas, que je n'ai pas vue depuis quelque temps et qui me manque.

Gould fait partie des êtres rares, morts souvent, artistes toujours, qui, comme le disait Baudelaire de Wagner, « aux mauvaises heures », nous consolent d'être là. Grâce à eux nous ne savons certes pas mieux ce que nous faisons jetés en ce bas monde. Mais, en nous faisant savoir et souvenir un peu profondément qui nous sommes, ils nous rendent ce monde un peu moins bas, au sens de la bassesse, non de l'humilité.

Car la leçon de Gould n'est qu'une leçon d'humilité. Il y a des pianistes que je préfère : Lipatti, Richter, Sofronitzki. Guilels joue mieux que Gould le *Dramatico* de la *Troisième Sonate* de Scriabine, et Arrau le *Concerto « l'Empereur »*, malgré la science subtile de l'égarement dont Gould fait montre, et sa manière déconcertante de jouer les concertos.

Mais aucun pianiste ne dit à ce point comme il est difficile de chanter quand tout vous pousse à vous taire. Devant la musique, il s'efface, cède la place, disparaît. Épris du dénuement, il cherche le peu, le moins. Prenons le début de la *Sixième Partita* de Bach : ce presque pas, ce presque rien, est à de certains moments pour moi toute la musique. Et cela parce que, pour lui, la musique, cette chose évasive, ténue, qui toujours refuse de nous appartenir, était la seule chose qui existât vraiment. Musique qu'on ne peut qu'entre-entendre, comme on dit entrevoir.

J'écoute les dernières notes de la dernière séquence (reprise de l'*Aria*) de la dernière version des *Variations Goldberg* par Gould. L'accord maintenu un instant bruit encore comme tremble faiblement la branche qu'a quittée l'oiseau. En écoutant Gould, en écrivant sur lui, c'est sur moi-même finalement que j'ai appris, comme toujours avec les artistes qui n'ont pas vécu leur vie, mais grâce auxquels nous vivons un peu moins mal la nôtre. À chaque instant cette surprise qui ne naît pas d'un désir de surprendre, de dérouter, de se singulariser. Non, la vraie surprise, qui nous fait dire devant le beau : c'est cela, et cela ne pouvait pas être autrement. Ce qui est dit était l'instant d'avant encore impensable, et devient maintenant comme irréparable. Gould dit un jour : « L'art, dans sa plus haute mission, est à peine humain. »

« Qui est là ? » Ce furent les dernières paroles de Scriabine. On peut les entendre comme la banale question de quelqu'un qui ne reconnaît pas une présence devinée dans la pénombre de sa chambre de malade, ou bien comme l'interrogation dernière à soi-même adressée : « Qui suis-je, moi qui vais cesser d'être ? »

La seule excuse à écrire des biographies : elles nous forcent à chercher qui nous sommes en échouant à raconter qui était l'autre.

Inventions

Le temps dément celui que nous nous efforçons d'être, et la mort nous révèle autre que nous croyions. E.T.A. Hoffmann se voulait musicien, Kreisler lui-même, plus qu'auteur des *Kreisleriana* ; mais il passa à la postérité comme écrivain. Gould se pensait communicateur, penseur et écrivain ; la mort l'invente pour nous pianiste. À Montréal, en 1988, un colloque fut consacré à Gould, en quatre volets : l'interprète, le philosophe, l'homme de communication, le musicologue. La plupart des participants insistèrent sur son propre propos : lui-même se voyait – ou se rêvait – comme « une sorte d'homme musical de la Renaissance, capable de faire beaucoup de choses différentes », parmi lesquelles jouer du piano serait la moins importante.

Il se trompait, et les exégètes à sa suite. Glenn Gould, comme Jacques Drillon le rappela dans ce même colloque, est tout simplement un des deux ou trois plus grands pianistes qui aient été. Cet anti-pianiste fut en fait le plus pianiste des pianistes. Doublement. Pianiste, et non théoricien, philosophe ou écrivain. Pianiste, et non organiste ou claveciniste, bien qu'il essayât de s'en convaincre et de nous en convaincre, hélas, quelques abominables entregistrements en témoignent. Pianiste, même s'il n'aimait pas les œuvres trop pianistiques, et le son du piano « trop piano », auquel il préférait un piano « châtré », plus proche du clavecin. C'est en tant que pianiste que Glenn Gould demeure parmi nous.

Si j'avais à résumer d'un mot son art du piano, je dirais que c'est un art de l'*invention*. Bien entendu, les traits du jeu de Gould, sa signature en quelque sorte, sont la précision de la diction, la clarté de l'articulation, l'organisation de la pensée polyphonique. Mais ce sont là les moyens d'un style, non son ressort profond. Et ce ressort, c'est l'invention, ce qui rassemble en fait cinq traits distinctifs.

I

Le sens de la forme d'ensemble, d'abord, présente dans chaque partie, chaque détail. L'*invention* est d'abord une forme musicale, à la fois libre et contrainte. Aux *Inventions* de Bach, Glenn Gould consacra d'ailleurs l'un de ses plus invraisemblables disques. L'invention est surtout, au sens ancien du mot, la mise à jour de ce qui est enfoui, la mise à nu de ce qui est caché. Gould se livra toujours en matière d'interprétation à l'invention : découverte, exploration, trouvaille. On connaît le dilemme de l'interprétation. Ou bien l'interprète renonce à soi et sert l'œuvre, ou bien il se dit dans l'œuvre, s'interprète lui-même à travers elle, pour ainsi dire, et, du coup, la trahit. L'invention gouldienne résout cette opposition. Il invente ce qui est déjà là, mais ce qui est mis au jour ne l'aurait pas été sans l'inventeur et porte sa signature. Une partition qui n'est pas interprétée n'est pas, tout simplement, ce qui ne veut pas dire que toutes les interprétations dans lesquelles elle devient ce qu'elle est soient possibles, arbitraires ou équivalentes.

Lui-même donna de certaines œuvres des interprétations très différentes, notamment quant au tempo : son enregistrement public du 1er octobre 1958 à Stockholm de la *Sonate* n° 49 en *mi* bémol de Haydn dure 15'36", le second, en studio en février 1981, dure 17'20" ; les trois versions de la *Sonate* op. 1 de Berg durent respectivement 11'18", 12'17", et 13'17" ; l'*Aria* initial des *Goldberg* s'étend en 1982 sur une durée presque double de celle de 1955. On remarquera, avec le temps, l'allongement des tempos. Mais là n'est pas l'essentiel. Chacune de ces *inventions* garde sa cohérence interne et la partition réside en chacune d'elles comme la norme interne qui la juge.

Gould définit ainsi son style interprétatif : « On prétend que l'invention doit faire du bruit, comme celui que font les lois qu'on brise. Inutile de dire que je ne partage pas du tout cette opinion. Au lieu du bruit, je vois plutôt la subtilité, celle avec laquelle on pose des prémisses différentes de celles qu'on attendait de vous [1]. »

Le jeu pianistique de Gould invite à d'étranges comparaisons. Cette manière de ne rien privilégier, de faire entendre chaque note de chaque voix, de préférer le contrepoint où aucune ne domine, à la musique mélodique où le chant est porté par un « accompagnement », n'est-ce pas ainsi que le psychanalyste écoute un rêve, sans hiérarchiser, sans savoir à l'avance où est le contenu manifeste, où le contenu latent ?

C'est d'ailleurs à des expériences semblables que Gould se livra dans ses émissions de radio « contrapuntiques » : « jouer avec le sens du temps, l'échelle du temps, dans leurs rapports avec la voix individuelle, entendre une seule voix tout en percevant, à partir de ce qu'elle dit, des messages séparés et simultanés [2] ».

II

Le deuxième aspect du jeu de Gould est l'extraordinaire présence instrumentale. Le piano peut tout. Telle était sa conviction, et il avait les moyens de la mettre en pratique. Deux exemples, l'un et l'autre de la fin de sa vie. Boris Brott, chef du Hamilton Philharmonic Orchestra, se souvient de Gould voulant enregistrer une pièce de Schönberg pour piano et intruments à vent. Renonçant à exprimer sa concep-

1. Glenn Gould, *Entretiens avec Jonathan Cott*, traduit et présenté par Jacques Drillon, Lattès, 1983, p.137.

2. Glenn Gould, *Non, je ne suis pas du tout un excentrique*, montage et présentation de Bruno Monsaingeon, Fayard, 1986, p. 94.

tion de la partition, le pianiste s'écria soudain : « Je ne peux vous expliquer. La seule façon, c'est de jouer tout moi-même. » Il s'assit au piano, réduisit toutes les voix, joua sa partie et toutes les autres en plus.

Une autre fois, enregistrant le *Deuxième Concerto* de Beethoven avec le pianiste John Klibonoff, il dirigea l'*adagio* carrément *adagissimo.* L'orchestre ne pouvait pas suivre un tempo si lent sans rompre la mélodie qui s'effritait à mesure. Gould quitta le pupitre et s'assit au piano. Et, bien sûr, garder la ligne intacte malgré toute cette lenteur ne lui posa aucun problème.

Lui qui déclarait, à propos de son enregistrement des *Goldberg* de 1955 : « Il y a là-dedans beaucoup de jeu pianistique. C'est le commentaire le plus dévalorisant que je puisse faire », il savait bien que la direction d'orchestre n'était pas son élément, même s'il laissa au disque une admirable version de *Siegfried Idyll* où il dirige la première version pour petit orchestre.

Le piano, à la fin, il veut le fuir, mais pianiste il est né, pianiste il mourra. Non seulement Gould était son piano, quand il jouait, mais il était piano, il pensait piano, il s'intéressait même aux pianistes, et singulièrement au plus pianiste des pianistes, Horowitz. Le piano des années soixante, dominé par Rubinstein et Horowitz, exerça sur lui une fascination répulsive qui l'amena à tracer du premier un portrait peu flatteur (« Souvenir de Maude Harbor »), et à vouer au second une sorte de haine froide très surprenante chez un si déclaré ennemi de la compétition. « J'ai une bien meilleure technique qu'Horowitz », disait-il. Et c'était vrai, évidemment : il existe une copie privée d'*Études* de Chopin par Gould, jouées « à la Horowitz », mais en plus impressionnant. « Horowitz ne joue pas les octaves, il les truque », disait-il encore, ce qui n'est pas tout à fait faux. On chercherait en tout cas vainement chez Horowitz la pureté insoutenable de la technique pianistique de Gould.

En fait, Gould semble avoir mal supporté le retour triomphal d'Horowitz à la scène. Comment expliquer, sinon par une rivalité d'autant plus douloureuse que refusée, que Gould enregistra en 1967 et 1968, sitôt après le légendaire retour d'Horowitz à Carnegie Hall, deux œuvres sortant entièrement de son répertoire habituel, mais que le pianiste russe avait profondément marquées : la *Septième Sonate* de Prokofief, qu'Horowitz avait créée aux États-Unis en 1942, et la *Troisième Sonate* de Scriabine, compositeur devant lequel il avait joué à l'âge de neuf ans, à Moscou ? Bien plus, Gould garda jusqu'à sa mort le projet de faire une parodie du récital de Carnegie Hall, en studio, bien sûr, disque dont il aurait joué les pièces horowitziennes mieux que le Maître. Le projet ne vit pas le jour, pour la bonne raison que les deux pianistes avaient le même éditeur discographique.

Mais pourquoi cette hostilité ? Parce que Horowitz était un peu Gould : lui aussi détestait l'avion, utilisait au piano une position très basse, les coudes en dessous du clavier, suivait de fantasques régimes alimentaires, se cloîtrait souvent pour se protéger des autres, avait peur des contaminations, détestait la routine des concerts, qu'il annulait souvent et dont il s'éloigna pendant plus de vingt ans dans toute sa carrière, notamment de 1935 à 1939, puis de mars 1953 à mai 1965. Il revint sur la scène un an après que Gould s'en fut retiré, pour des raisons identiques à celles de son aîné : la dépression, ce dégoût de soi et cette fatigue des autres.

Mais l'hostilité tenait surtout à ce que Gould était passablement Horowitz. Il existe des similitudes stylistiques évidentes : liberté par rapport au texte allant jusqu'à la distorsion, goût des transcriptions, des improvisations et des pastiches, désir de composer, mélange incroyable de rapidité et de clarté qui, par l'affranchissement métrique, donne l'illusion de l'accélération temporelle, sens de l'intensité rythmique qui informe tout le jeu.

Si l'on écoute par exemple les *Sonates* de Haydn qu'ils enregistrèrent l'un et l'autre, ce qui frappe, c'est combien la *direction* d'un morceau est toujours l'essentiel, même si l'un et l'autre la visent par des moyens opposés, apolliniens chez Gould ou dionysiaques chez Horowitz, pour reprendre la distinction de Nietzsche. Leurs approches de Scarlatti, si dissemblables par l'emploi de la pédale et des phrasés romantiques chez Horowitz, se ressemblent malgré tout par la légèreté de la pulsation et la cohérence du discours. Les portraits se brouillent donc, les rôles s'échangent : Gould le classique joue Grieg ou Scriabine, Horowitz le romantique s'adonne à Scarlatti ou Clementi.

Il n'en reste pas moins que Gould est un pianiste de la clarté des textures harmoniques et de la cohésion des structures, et qu'Horowitz cherche la couleur mélodique et la beauté plastique du son. L'un dit la musique, l'autre la chante.

III

Le troisième trait de l'interprétation de Gould est le rapport constant qu'elle entretient avec le négatif. C'est la seule « leçon » qu'il laissa un jour, en novembre 1964, à des étudiants du Conservatoire de Toronto : Ne perdez jamais de vue le rapport de votre piano, de la musique « avec la négation, avec ce qui n'est pas ou semble ne pas être [1] ». Le psychanalyste anglais Bion définit la pensée comme la rencontre d'une préconception et d'une frustration. Si Gould donne, comme aucun interprète, des interprétations pensées (ce qui ne veut pas dire intellectualisées), c'est qu'il savait supporter, accueillir même, en lui, le temps qu'il fallait, la non-musique, sans la recouvrir aussitôt de préconceptions musicales. Il prolongeait le dessaisissement dans lequel nous plonge le texte, l'abandon où il nous laisse, pourvu qu'on le contemple longuement, à ne plus savoir le moins du monde ce qu'il veut dire, et comment s'y prendre pour le traduire en sons. Il construisait ses interprétations sur cet écart maintenu entre l'attente et son objet. Pour lui,

1. Glenn Gould, *Le dernier puritain* (*Écrits I*), textes réunis, traduits et présentés par Bruno Monsaingeon, Fayard, 1983, p. 48.

aucune musique ne pouvait faire coïncider l'image musicale avec la satisfaction sonore.

Place du négatif, cela veut dire aussi accueil du tout autre. Aux mêmes étudiants, il conseillait encore : « La faculté que nous avons de faire notre propre portrait en nous rapportant à ce qui est antithétique de notre propre expérience est précisément ce qui nous permet une mesure autre que mathématique du monde dans lequel nous vivons [1]. » Des espaces se découvrent, comme au croisement des choses. Des altérations de perspectives surprenantes, des trouées. Qu'est-ce que la musique selon Gould ? Une respiration, un souffle, une matière immatérielle, qu'on me passe le mot, et ce que porte ce souffle, n'est que la méditation d'une solitude, avec des appels à peine perceptibles, qui nous disent que la musique est née d'un silence épouvanté, comme s'il fallait chanter pour simplement respirer.

Il y a deux façons d'interpréter la musique pour piano : en pianiste ou en musicien. Le pianiste, disait Arthur Schnabel en une belle réflexion [2], est celui qui donne la musique au public qui la reçoit ou la prend. Le musicien est celui qui prend et reçoit la musique. J'ajouterais que le musicien n'est pas familier de l'œuvre, tandis que le pianiste nous donne *son* Beethoven, ou pis, *sa lecture* de Mozart. La musique n'est pas à nous, jamais. Elle est une chose à gravir et qui ne supporte pas le vague. Ce n'est qu'un apparent

1. *Ibidem*, p. 48.
2. Arthur Schnabel, *My Life and Music*, Londres, 1961.

paradoxe, si les interprètes les plus pénétrés de leur déréliction face à l'œuvre, de leur étrangeté, sont ceux qui laissèrent les interprétations les plus appropriées.

Il y a aussi deux sortes de musique. Celles qui ont besoin d'un interprète, et celles qui semblent pour ainsi dire se jouer elles-mêmes. La frontière, qui n'est pas facile à marquer, passe entre le deuxième et le dernier Beethoven, par exemple. Certaines formes musicales (celles qu'aimait Gould : le contrepoint où, une fois le sujet et le contre-sujet constitués, ils vont leur chemin, et l'interprète doit seulement ne pas leur faire obstacle) ou des compositeurs entiers donnent la certitude que la musique va, comme enivrée d'elle-même, où elle veut, où elle doit. Richard Strauss est de ceux-là, et lorsqu'on demandait à Gould quelle était la musique qu'il emmènerait sur une île déserte, il répondait immanquablement *Capriccio*, le dernier opéra de Strauss, qui est « l'une des plus belles choses jamais écrites. Je suis entièrement possédé par cette œuvre »

IV

Le quatrième trait de l'interprétation gouldienne est sa violence, sa manière de toucher en nous au plus profond, à l'être singulier, comme elle provient en lui du plus profond et du plus singulier. Chez Gould, comme chez peu d'artistes, être et dire ne peuvent être dissociés. Son jeu semble exiger de l'auditeur une réponse toute personnelle. Ou bien, l'ignorer, comme certaines fleurs se ferment le soir. Ce trait, qui fait la véritable différence avec Horowitz, n'est pas contradictoire avec l'engagement instrumental. C'est très mystérieux, le style, ce rapport qu'à travers les autres un artiste entretient avec lui-même. Horowitz ne cesse de nous séduire, il n'a, si l'on peut dire, de piano que pour nous. Gould, lui, semble ne jouer pour personne. Et pourtant, quand nous l'écoutons, nous découvrons, nous inventons l'écho audible de notre propre voix muette.

Comment expliquer cette contradiction entre l'intrusion dans notre propre histoire et le respect absolu de notre subjectivité ? Gould le disait lui-même de son admirable disque des *Intermezzi* de Brahms : « Je l'ai fait comme pour moi-même, mais j'ai laissé la porte ouverte. » Pendant l'enregistrement des deuxièmes *Goldberg*, un technicien demanda à Gould de lui jouer la *Polonaise militaire* de Chopin. « Je ne connais pas cet air », répondit-il. Quelques moments après, en plein enregistrement, il interrompit Bach et fit pendant vingt minutes une improvisation sur ce thème, dans un vocabulaire très brahmsien, très chromatique. Puis, il s'arrêta et dit à Monsaingeon : « J'espère que vous avez enregistré ça. » Bien sûr, il ne l'avait pas fait, et c'était perdu à jamais.

Dans ces deux anecdotes, on voit Gould refusant de laisser entrer les autres dans la chambre de sa vie, mais espérant que dans la chambre d'à côté, la plus secrète, celle de l'art, un micro restera branché, une porte entrouverte.

Pour le meilleur ou pour le pire, ses interprétations

semblent donc nous atteindre par effraction, nous parler de solitude à solitude. Mais, les œuvres d'art les plus belles, on ne peut pas espérer s'en tenir à distance par l'admiration culturelle ou la canonisation dévote. La beauté ne va pas sans effroi, comme le disait Rilke au début de sa première *Élégie de Duino*. Ni même sans un peu de haine. J'en connais qui ne supportent pas le jeu de Glenn Gould. Je les comprends. Les œuvres, c'est comme les personnes : celles auxquelles on ne s'abandonne pas, on ne s'ouvre pas, on n'accorde pas la possibilité de vous faire du mal, on ne les aime pas. Nous devons aller à lui comme il allait aux œuvres qu'il jouait, en cherchant au-delà des apparences.

L'invention, cela n'a rien d'agréable, celui qui découvre les œuvres leur fait violence un peu, celui qui nous découvre en nous parlant le langage de la première fois nous ouvre aussi. Depuis plus de vingt-cinq ans que j'écoute Glenn Gould, je ne me suis pas encore *fait* à son jeu. À lui, je ne m'habitue pas. Ce qui ne veut pas dire que son piano me soit toujours proche, ou même simplement supportable, car Gould fait du mal, je veux dire : lui, pas seulement la musique à travers lui, fait de la peine, et pas seulement dans les pages mélancoliques, même dans les très sereines.

Mais même cette peine qu'il me donne, peine à le comprendre, peine de l'avoir compris, oui, cette peine me fait du bien : elle me donne ce que Baudelaire appela « le courage de marcher jusqu'au soir ». Écoutons par exemple la réédition de la *Sonate* opus 1 de Berg, enregistrée à Moscou en 1957. Qui vous donne dans cette page, comme Gould, la certitude d'être transporté en un lieu inconnu, où vous n'avez jamais séjourné, où vous ne pourriez pas demeurer non plus, ce lieu si lointain qui pourtant se trouve en vous ?

Gould avait la passion de connaître et de faire connaître, mais voulait tout ignorer des gens, de ces gens que justement on nomme, sans doute par antiphrase, car on n'a aucune envie de les connaître, des « connaissances ». S'il était en perpétuel dialogue avec l'autre, les autres lui répugnaient et lui faisaient même un peu peur. La connaissance veut la solitude, et l'épouse, quand le divertissement ne fait que la tromper.

Que Gould dût choisir entre les notes qui le recueillaient et le public qui le prenait, ne s'en étonneront que ceux qui ignorent que c'est l'humble qui illumine, non les lustres de cristal ou les yeux embués des spectateurs.

V

Mais si aucun pianiste disparu ne suscite autant de respect et d'amour, c'est qu'il mettait dans le jeu du piano autre chose : une beauté qu'il savait mortelle, et c'est le dernier trait de son art. La musique est passage. Toutes les notes sont des « notes de passage », un presque rien entre un silence et un autre. Passage aussi de l'intimité à l'altérité, du dedans au-dehors.

Derrière ses consoles de métal et son piano noir, il faisait ce que peu d'artistes font encore : au-delà de son art, il dévisageait Dieu.

Pourquoi *deux* versions des *Goldberg*, qui sont pratiquement (avec la *Sonate* en *si* bémol majeur de Haydn, et la *Sonate* en *ut* majeur de Mozart) la seule œuvre que Gould, ennemi de la répétition et de la routine, ait accepté, désiré de réenregistrer ? Pour les mêmes raisons peut-être qui amenèrent Hölderlin, à une date que nous ne connaissons pas, à récrire la dernière strophe de son poème *Vocation du poète*. La première fois, il avait écrit :

Où qu'ils aillent la nuée d'or les suit,
Qui rassérène, féconde, abrite aussi,
Et il n'est nul besoin d'honneur ni d'armes
Aussi longtemps que le dieu ne manque point.

Puis, le poète modifia ainsi :

Mais l'homme affronte seul et sans peur son dieu
Quand il le faut, sa simplicité le garde,
Sans qu'il soit besoin d'armes ni de ruses, le temps
Que ce manque de dieu se change en aide.

La seconde version des *Goldberg*, où manque le Dieu de l'allégresse et de la certitude, où avance une musique nue comme la paume, que même les ornements dénudent, où la plénitude du sens est atteinte à travers l'usure et la raréfaction des signes, où l'énergie se concentre dans la dureté de la ligne, non dans l'éclat dispersé des figures, témoigne bien de la *force* que donne le manque de Dieu.

L'invention de Gould, ce qu'il me dit ? Que l'art n'est qu'un souvenir que Dieu aurait laissé en s'en allant.

Entre les mots et les sons

« La postérité est une ouvreuse de lettres », écrivait le prince de Ligne. Il n'est pas sûr qu'elle ait toujours raison, mais, dans le cas d'un artiste aussi intelligent que Gould, sensible aux mots autant qu'aux sons, l'apport est inestimable. Après le Gould des enregistrements, aujourd'hui en voie d'édition systématique, le Gould compositeur, récemment découvert, le Gould des *Écrits,* critique et musicologue pénétrant, voici donc qu'apparaît enfin le Gould homme ordinaire, tel qu'en lui-même ses lettres le livrent à nu. Non que les billets intimes abondent dans ce recueil de près de deux cents lettres (sur un total de plus de deux mille répertoriées), de la première (à l'âge de sept ans) à la dernière, deux mois avant sa mort [1].

Écrites dans la solitude, les lettres nient la solitude. Parlant de tout près à celui qui les reçoit, elles laissent

1. Glenn Gould, *Lettres*, Christian Bourgois, 1992.

leur auteur voilé de lointain. C'est dire combien elles conviennent à Gould, qui n'aimait rien tant que communiquer, non au sens de proximité veule et de transparence factice que prend ce mot de nos jours, mais au sens d'une écoute de l'autre que l'on ne veut ni réduire ni séduire. Mais ce que Gould avait à communiquer n'était pas sa propre personne. Ce ne sont pas non plus les lettres d'un écrivain ou d'un penseur, mais celles d'un musicien, et il n'est pratiquement question que de musique, tout au long de ce parcours divisé en deux sections : l'homme de concerts, l'homme de studio. Ceux qui aiment les aveux et les autobiographies seront déçus, bien que ne soient pas absentes les petites ironies de la vie, traitées avec pudeur. Ceux qui pensent que la personne de Gould n'a été que le moyen de son œuvre, et que sa vie se rompit au point précis où il ne lui était plus possible de créer, seront comblés. Distant avec Chostakovitch, ironique avec Bernstein, serein devant Stokowski, il sait répondre à propos de Bach à un admirateur de Nouvelle-Zélande ou correspondre des années durant avec une vieille dame, car en chacun il s'attache à une partition indéchiffrable comme il est lui-même. La chose la plus admirable quand on referme ce recueil, ce n'est pas la science musicale du pianiste, c'est son désir de sens, aussi présent dans ses mots et sa vie que dans chacune de ses interprétations.

Mais pourquoi gardait-il copie au carbone de *toutes ses lettres* ? Préférence générale de l'enregistrement sur le direct, refus obsessionnel de la perte, phobie d'un contact sans réserve avec autrui, désir de garder en donnant ? Tout cela sans doute. Ou, plus simplement, goût constant pour les choses en voie de disparition. Le dernier des puritains était peut-être le dernier des romantiques.

La maladie du piano

L'aspect le plus intéressant de la biographie consacrée à Glenn Gould par Otto Friedrich [1] est la révélation des innombrables maladies réelles ou imaginaires de Gould, et notamment les deux épisodes (1960 et 1976) où il endura des douleurs dans le bras et le dos qui l'empêchaient totalement de jouer.

De la première crise, il reste peu de témoignages, telle cette lettre datée de janvier 1960, à Kurt Loebel, premier violon du Symphonia Quartet, composé de membres de l'orchestre de Cleveland : « En raison de mon état d'immobilité totale, je n'ai pas été en mesure de faire le moindre projet d'enregistrement » ; puis une autre lettre de mai, au même destinataire : « Je dicte cela de Philadelphie où je me suis mis entre les mains du chirurgien et orthopédiste d'Eugene Ormandy qui m'a immobilisé. Mon mal d'épaule, qui a duré tout

1. Otto Friedrich, *Glenn Gould, a Life and Variations*, Random House, 1989.

l'hiver, n'a pas continué de s'améliorer comme je l'aurais voulu, et bien que j'aie donné quelques concerts après que je vous ai vu, j'ai dû finalement annuler le gros de la saison pour essayer de remettre les choses en état une fois pour toutes. J'ignore combien de temps je devrai rester ici. Cela fait trois semaines déjà, et probablement cela durera beaucoup plus longtemps encore, bien que j'espère ne pas rester dans mon carcan tout ce temps. Quelle saison ! ».

On possède également des notes prises alors, mêlant le compte rendu de la maladie au récit d'une tournée. Ainsi, ce fragment, que je transcris tel quel : « été de 1958 Salzbourg-Mitrop-Concertgebouw... Prémonition du désastre. EL Al Flt (J. Pl.R.Z) Berlin (sueur dans la nuit) Horchschule Karajan. Le malaise continue. Secret à Berlin opposée à printemps 1951 première exp. Le chiropracteur. Stockholm. Georg Walter. La lecture d'espace vital Nietzsche par Jochum ; la " grippe ", Bechstein-Steinway, la réception du dîner. Hédonisme nordique ; la lettre " volée sous le drapeau " GT Le dictateur Chaplin. Wiesbaden Sawallisch, doigt coupé, descente du Rhin ; Cologne. Le Notre Père. Annulation du n° 1 ; les bains à n'en plus finir, le jeu des échecs...le vol pour Hambourg. Fièvre et douleur. Le chiropracteur. Méthode Palmer 102 le soir. Sueur le matin. Vier jahrezeiten. Le pont intérieur. D. Sorghahaim ; " Souvenez-vous de Chopin " ».

Lisant ces notes sans suite, qui couvrent des pages et des pages, on ne sait bientôt plus si les noms propres sont ceux de médecins ou de chefs d'orchestre, si les souffrances sont liées à la musique ou au corps, si les désastres sont les voyages en avion ou les concerts, si les médications ou les poisons ne sont pas les œuvres jouées. Bien sûr, on peut traduire cette page en événements, et rappeler que le 10 août 1960 à Salzbourg Gould donna le *Concerto* en *ré* mineur de Bach sous la direction de Mitropoulos, avec le Concertgebouw d'Amsterdam; qu'en septembre, à l'Académie de musique de Stockholm, il joua le *Concerto* en *ut* mineur avec l'Orchestre symphonique de la radio suédoise dirigé par Georg Ludwig Jochum; qu'à Wiesbaden, en octobre, ce fut, sous la direction de Wolfgang Sawallisch qu'il donna le *Troisième Concerto* de Beethoven; que le concert donné le 21 septembre avec la Philharmonie de Berlin dirigée par Karajan à la Hochschule für Musik fut précédé d'une allocution du maire Willy Brandt, et que Gould lut mal la gestique du chef et commença deux mesures trop tôt; que le *Vier Jahrezeiten Hotel* est l'un des plus beaux hôtels de Hambourg, situé précisément sur le pont intérieur, et ainsi de suite.

Mais on peut aussi lire ces lignes comme les traces d'une âme confuse qui sait comment l'extase s'atteint à la pointe extrême où le corps se dissout.

Lors de la seconde crise, qui dura presque un an, Gould tint le Journal de sa maladie, cette maladie innombrable, sans nom et dont on meurt pourtant aussi bien que d'une autre, le mal des hypocondriaques qui cherchent des noms à leur douleur de vivre. Il s'agit d'un document extraordinaire, à la fois sur le mécanisme de l'hypocondrie, le corps devenant étranger et même ennemi, et sur le jeu du piano, l'articulation entre le corps et la psyché. Ce « Journal d'une douleur », malheureusement, ne sera pas publié de sitôt.

Il me faut en citer ici des fragments :

« Le thème d'ouverture de *Casella* était déséquilibré et les notes semblaient coller. Les passages de gammes sont inégaux et incontrôlés. Expérience déplaisante et apparemment rebelle à toute solution par pression *ad hoc*, doigt (pression du pouce, etc.). Pendant les semaines séparant la seconde prise du commentaire, le problème empira. Il n'était même plus possible de jouer même le *Choral* de Bach avec sûreté. Les voix étaient déséquilibrées, la progression de note à note incertaine. » Ailleurs : « Palpitations. Chaleur dans les bras. Douleur de poitrine de type indigestion. Pouls au réveil. Épisodes de rêve. Tension baissant avec... Sensations de gel, tremblements, haut. »

Suivent des centaines de pages semblables. Un trait de cette écriture est frappant, que ne suffit pas à expliquer le recours à des abréviations dans des notes non destinées à la publication (mais à quoi était destiné ce Journal ? à qui ?) : l'absence très générale de pronoms de la première personne et de verbes. Gould n'écrit pas : « je suis presque incapable de jouer », mais : « il n'est pas possible de jouer ». Il ne dit pas : « je ne contrôle pas les notes », mais : « les notes sont incontrôlées », ou encore : « j'ai mal », ou : « j'ai dormi trois heures cette nuit », mais : « atroce souffrance allongé », « trois heures de sommeil ce soir ». Presque jamais de *je*, donc, ni de verbe. Comme si Gould se défaisait de la peine d'être un sujet par l'éclatement ou la désintégration en organes et en symptômes.

De quoi souffrait Gould, en fait ? Le Journal décrit une longue suite de maux : problèmes de bras et de mains, déchirements, fourmillements dans le bout des doigts. D'autres douleurs : le cou, le dos, des troubles oculaires graves, une atteinte du labyrinthe de l'oreille interne. Il écrit : « Il est tout à fait possible, même probable, que tout cela avait une cause psychique. » Le plus étrange dans cet épisode fut qu'il ne semble avoir confié ses troubles à personne. À peine rapporta-t-il à sa cousine Jessie Greig que ses jambes étaient perpétuellement inertes, mortes. « Il se lèverait, et ne ressentirait absolument rien dans ses jambes », écrit-il de lui-même à la troisième personne et au conditionnel. Il interprète lui-même ses symptômes, le fourmillement étant une forme d'arthrite ou de mauvaise circulation. Quand sa cousine lui recommande d'aller consulter un médecin, il lui répond : « Ils ne m'écoutent pas. Je leur dis ce qu'il y a, mais ils ne m'écoutent pas. »

Il se soigna lui-même, avec des applications de cire. Pourtant, il avait consulté des médecins pour des troubles incomparablement moins invalidants. Et voici que, perclus d'une totale incapacité à mouvoir ses bras, il n'en parle à personne. Sauf au papier. Seul le Journal retrace le fil incohérent de ses plaintes de ne pas venir à bout de cette chose qui l'affligeait et dont il ignorait la cause. Car Gould souffrait surtout de ce qu'il avait toujours redouté : une perte de contrôle.

On doit poser autrement la question : pour qui souffrait Gould ? Ces pages laissent apparaître un second dédoublement venant s'ajouter au partage entre celui qui souffre et celui qui écrit cette souffrance. En juillet précédant la grande crise, sa mère, qui lui avait appris le piano quarante ans plus tôt, lui montrant les touches et chantant les notes (elle était aussi professeur de chant), le faisant chanter, une habitude qu'il gardera toujours en jouant, sa mère mourut d'une attaque cardiaque. Son factotum dit que Gould traversa ce deuil et les obsèques « avec dignité ». Sa cousine Jessie le trouva au contraire dévasté par cette perte, car « il n'avait plus personne avec qui il parlait de musique ». De là, on peut penser que, faute de ce dialogue sur le corps de la musique, interrompu avec sa mère, Gould entama avec lui-même – ou avec sa mère – un dialogue de substitution à propos de son corps de musicien délabré, soir après soir, page après page.

Ce Journal montre comment Gould avait besoin de se dédoubler mentalement pour jouer et, totalement immobile, d'imaginer derrière ses yeux clos une image de Glenn Gould jouant librement : « Rien ne peut empêcher la détérioration graduelle de l'image, et finalement je suis revenu au système du corps total, en employant l'élévation du pont-main-poignet. » Souvent il exprime ce processus par l'expression : « au point-repos du monde », signifiant par là que « dans l'idéal, les doigts ne devraient pas être forcés de bouger, seulement, si l'on peut dire, être là, et tous les autres ajustements se feraient par ajustement du corps ».

Le sentiment hypocondriaque est l'obsession de veiller sans relâche sur son propre corps, tel un gardien, un espion, un surveillant, un témoin de soi-même. Mais l'hypocondrie est aussi une sorte de tendresse du corps pour lui-même. Celle d'une mère qui veille son enfant malade, et l'assure, par la maladie, qu'il ne mourra pas encore, une mère qui ne laisse rien échapper de ses manifestations sombres, opaques, incompréhensibles qu'on appelle des symptômes.

Pour qui écrit-on quand on écrit « pour soi » ? Pour le soi que l'on deviendra ? pour soi-même plus tard, quand le moment sera venu de se relire, de se reprendre, de remettre en forme les notes, d'ordonner les cahiers en livre, ou encore, si l'on est compositeur, de faire comme Brahms dans la première partie de sa vie des esquisses thématiques nombreuses qu'il laissa pour soi, et remit à plus tard de composer véritablement dans ses grandes œuvres automnales ? Ce pour-soi (ce par-devers soi aussi, car il n'est pas d'écriture intime qui ne soit écriture cachée, secrète, d'où le choix de la nuit, du carnet, du lit parfois, pour confier ces mots adressés à soi-même), ce pour-soi n'est-il pas aussi un avant-soi ? N'est-ce pas à l'enfant que l'on fut qu'il faut adresser des mots de passe ? à lui qu'il faut faire signe à travers le temps ?

Car il y a dans ce secret un paradoxe. Pourquoi les notes doivent-elles demeurer souvent illisibles, tout en utilisant le medium du papier écrit, par définition destiné à être lu par quelqu'un, fût-ce par soi-même ? Illisibles graphiquement, dans le cas de Gould (ou de Paul Valéry), par le recours à l'abréviation, aux signes, aux mots codés, aux langues étrangères (Gould encore, ou Valery Larbaud) ? Pourquoi ce Journal entièrement chiffré ? Parce qu'il n'est écrit que pour soi-même, non pour être lu, répondra-t-on. Mais, justement, on ne chiffre que pour rendre indéchiffrable. Devrait-on se cacher à soi-même, par un code dont certes on possède aujourd'hui la clé, mais demain, à supposer qu'on se relise ? Du simple fait qu'on écrit, n'est-ce pas dans le temps qu'on se situe, au temps que l'on se confie ? Gardons cette réponse provisoire : écrire pour soi, c'est écrire pour le temps.

Il ne s'agit pas d'interpréter Gould et de psychanalyser par exemple son horreur de la compétition. Il l'a fait lui-même en décrivant dans le sport, fût-il musical, un défi à l'existence du temps : « Le but du coureur n'est-il pas de courir le *mile* en zéro minute zéro seconde ? » Pour lui, la crainte du déclin, de la perte de pouvoir qu'entraîne un jour ou l'autre le temps est en fait un substitut de la peur de la mort, « la crainte de perdre dans la compétition ultime avec la vie elle-même ». En fait, par sa familiarité avec le négatif, Gould sut placer son angoisse de mort au centre de son œuvre. Le studio permet de tromper et d'inverser la course du temps, quand le concert suit sa flèche sans retour. Avoir mal au Piano, c'est en fait avoir mal au temps, et, à sa façon, Gould savait que ce dont il était question dans son rapport à la musique était bien la question du temps, et que sa maladie était cette maladie du temps qui porte le beau nom de mélancolie.

En ce sens aussi, d'un transport vers un état au-delà du temps, Gould rejoignait, sans peut-être le savoir lui-même, les expériences de la mystique. Le langage obscur de l'hypocondrie, langage codé (en abréviations, parfois incompréhensibles) de son manuscrit, sur des centaines de pages, retrace l'état d'une douleur entre corps et pensée, mais ce texte est proche aussi des grands textes de Jean de la Croix, de Catherine de Sienne ou des « exercices spirituels ». Pour Gould, la musique était son corps, un corps que l'on apprivoise, que l'on perfectionne jusqu'à ce qu'il devienne un non-corps. L'extase mystique est aussi un état physique. Ce que confirme d'ailleurs la référence à T.S. Eliot, avec le terme de « point-repos » (« *still point* »).

Au point-repos du monde qui tourne. Ni chair ni pri-
[vation de chair;
Ni venant de, ni allant vers; au point-repos, là est la
[danse;
Mais ni arrêt ni mouvement [1].

1. T. S. Eliot, « Burnt Norton », *Quatre Quatuors*, in *Poésie*, édition bilingue, traduction de Pierre Leyris, Seuil, 1976, p. 161.

Extase. État où l'on est hors de soi. Mieux vaudrait dire : hors du *je*, car il n'est pas sûr que cet état ne ramène pas à soi, justement. Gould était hors de lui, quand il jouait. Mais *où* est-ce, hors de ? À côté, en face, en miroir, en avant de soi, derrière soi ?

On reposera encore autrement la même question : où Gould avait-il mal ? On pense en le lisant se décrire « pris dans une sorte de pince géante » à cette mystérieuse blessure au dos, cet « *obscure hurt* » qui hanta Henry James toute sa vie. La douleur de Gould était soignée, partait, revenait. Voici encore un fragment de ce « Journal d'une douleur » : « Palpitations. Chaleur dans les bras. Douleur de poitrine de type indigestion. Pouls au révcil. Épisodes de rêve. Tension baissant avec [...] Sensations de gel, tremblements haut [...]. »

Parfois, on ne sait si c'est Gould qui est atteint ou son piano. En décembre 1971, il consigne le même genre de remarques à propos de son Steinway CD 318 endommagé par des déménageurs, comme le 174 en 1957 : « Le couvercle est brisé, et la table est atteinte, dans les basses. Il y a aussi un dommage considérable dans les aigus, où la résonance est fendue. Les tiges et les clefs sont tordues tout au long... » Gould semblait vouloir trouver dans la musique le centre de la douleur. Mais la douleur n'a pas de centre. Elle n'est peut-être que cela : absence de centre. Alors, autant lui donner un lieu, même si l'on n'y croit pas trop, et, interprète, écouter avec un mélange de compassion et de cruauté son instrument pour connaître son secret et soigner sa blessure. Gould jouant semble parfois un noyé voulant sortir de l'eau du temps, et s'arracher à ses remous par les yeux, les lèvres, les mains, le corps tout entier tournoyant.

L'hypocondrie est un délire de même nature que la paranoïa : le siège n'est pas mené par des persécuteurs ennemis, mais par des organes rebelles qui eux aussi semblent *se donner le mot* pour m'abattre. Quel mot ? Si je le savais, je ne serais pas malade. Alors, à la liste des organes et des maux assiégeants, Gould oppose la liste des alliés médicamenteux qui pourtant finirent par l'empoisonner sûrement. La dernière année, la liste s'énonçait ainsi : « Aldomet, Nembutal, Tetracycline, Chloromycétyl, Serpasyl, Placido, Largostil, Stelazine, Resteclin, Librax, Clonidine, Clorinal, Indéral, Inocid, Aristocort, Neocortef, Zyloprim, Butazolidin, Bactna, Septra, Phénylbutazone, Métyldopa, Allopurinol, Hydrochorothiazide, et des lots, des lots de Valium. »

Je ne crois pas indécent de rapprocher ce rapport de Gould à la maladie et aux médicaments de son rapport à la musique. Si la main gauche se détachait souvent du clavier où la droite jouait encore (*Adagio* de la *Sonate « La tempête »* de Beethoven, exemplairement), ce n'est pas en fait à des fins rythmiques ou temporelles, comme ferait celle d'un chef d'orchestre, pour battre la mesure, mais plutôt pour explorer *l'espace de la musique*. Dans l'air, Gould caresse des résonances, modèle un écho en suspens, comme s'il voulait toucher les limites de la musique, et cherchait où ça s'arrête, la musique, où ça commence, le réel, comme s'il cherchait la limite la plus difficile, entre la musique et son corps. Parfois son attitude corporelle semble aussi exposée que s'il se sentait persécuté par la musique. Glenn Gould avait mal à la musique. On n'en guérit pas.

SOURCES

La plupart des propos de Glenn Gould rapportés dans ce texte sont extraits des trois volumes d'écrits et d'entretiens réunis par Bruno Monsaingeon. C'est à son admirable dévouement et à sa longue persévérance que le lecteur français doit d'être le mieux informé de la conception que Gould se faisait de la musique.

Glenn Gould, *Le dernier puritain (Écrits I)*, textes réunis, traduits et présentés par Bruno Monsaingeon, Fayard, 1983.

Glenn Gould, *Contrepoint à la ligne (Écrits II)*, réunis, traduits et présentés par Bruno Monsaingeon, Fayard, 1985.

Glenn Gould, *Non, je ne suis pas du tout un excentrique*, montage et présentation de Bruno Monsaingeon, Fayard, 1986.

Je tiens à lui témoigner ici ma gratitude et mon amitié.

Les ouvrages suivants ont été également consultés et utilisés

Glenn Gould, *Entretiens avec Jonathan Cott*, traduit et présenté par Jacques Drillon, Lattès, 1983. Édition américaine publiée en 1984 chez Little, Brown and Company, Boston, Toronto.

Geoffrey Payzant, *Glenn Gould, Un homme du futur*, Fayard, 1984.

Glenn Gould Variations, textes édités par John Mc Greevy, Quill, New York, 1984.

Glenn Gould Pluriel, Actes du Colloque tenu à l'Université du Québec en octobre 1987, éditions Louise Courteau, Québec, Canada, 1988.

Les extraits de T.S. Eliot cités en épigraphe à la page 90, à la page 106 et à la page 271 sont donnés dans la traduction de Pierre Leyris (Éditions du Seuil).

Des fragments de ce livre ont été publiés dans le numéro 36 de la *Nouvelle Revue de psychanalyse* (automne 1987) intitulé « Être dans la solitude ».

DU MÊME AUTEUR

Aux Éditions Gallimard

BLESSURES DE MÉMOIRE, *Connaissance de l'Inconscient,* 1980.

VOLEURS DE MOTS, *Connaissance de l'Inconscient,* 1985.

GLENN GOULD, PIANO SOLO, *L'un et l'autre,* 1988 (prix Femina Vacaresco 1989).

BLEU PASSÉ, *Blanche,* 1990.

UN RÊVE DE PIERRE, *Le Radeau de la Méduse, Géricault,* 1991

JE CRAINS DE LUI PARLER LA NUIT, *Blanche,* 1991.

Aux Éditions du Seuil

LA TOMBÉE DU JOUR, SCHUMANN, *La Librairie du XXe siècle,* 1989.

LA COMÉDIE DE LA CULTURE, *1993.*

COLLECTION FOLIO

Dernières parutions

2455.	Jacques Almira	*Le bal de la guerre.*
2456.	René Depestre	*Éros dans un train chinois.*
2457.	Réjean Ducharme	*Le nez qui voque.*
2458.	Jack Kerouac	*Satori à Paris.*
2459.	Pierre Mac Orlan	*Le camp Domineau.*
2460.	Naguib Mahfouz	*Miramar.*
2461.	Patrick Mosconi	*Louise Brooks est morte.*
2462.	Arto Paasilinna	*Le lièvre de Vatanen.*
2463.	Philippe Sollers	*La Fête à Venise.*
2464.	Donald E. Westlake	*Pierre qui brûle.*
2465.	Saint Augustin	*Confessions.*
2466.	Christian Bobin	*Une petite robe de fête.*
2467.	Robin Cook	*Le soleil qui s'éteint.*
2468.	Roald Dahl	*L'homme au parapluie* et autres nouvelles.
2469.	Marguerite Duras	*La douleur.*
2470.	Michel Foucault	*Herculine Barbin dite Alexina B.*
2471.	Carlos Fuentes	*Christophe et son œuf.*
2472.	J.M.G. Le Clézio	*Onitsha.*
2473.	Lao She	*Gens de Pékin.*
2474.	David McNeil	*Lettres à Mademoiselle Blumenfeld.*

2475. Gilbert Sinoué — *L'Égyptienne.*
2476. John Updike — *Rabbit est riche.*
2477. Émile Zola — *Le Docteur Pascal.*
2478. Boileau-Narcejac — *...Et mon tout est un homme.*
2479. Nina Bouraoui — *La voyeuse interdite.*
2480. William Faulkner — *Requiem pour une nonne.*
2482. Peter Handke — *L'absence.*
2483. Hervé Jaouen — *Connemara Queen.*
2484. Ed McBain — *Le sonneur.*
2485. Susan Minot — *Mouflets.*
2486. Guy Rachet — *Le signe du taureau (La vie de César Borgia).*
2487. Isaac Bashevis Singer — *Le petit monde de la rue Krochmalna.*
2488. Rudyard Kipling — *Kim.*
2489. Michel Déon — *Les trompeuses espérances.*
2490. David Goodis — *Le casse.*
2491. Sébastien Japrisot — *Un long dimanche de fiançailles.*
2492. Yukio Mishima — *Le soleil et l'acier.*
2493. Vladimir Nabokov — *La Vénitienne* et autres nouvelles.
2494. François Salvaing — *Une vie de rechange.*
2495. Josyane Savigneau — *Marguerite Yourcenar (L'invention d'une vie).*
2496. Jacques Sternberg — *Histoires à dormir sans vous.*
2497. Marguerite Yourcenar — *Mishima ou la vision du vide.*
2498. Villiers de L'Isle-Adam — *L'Ève future.*
2499. D. H. Lawrence — *L'Amant de Lady Chatterley.*
2500. Collectif — *Mémoires d'Europe I.*
2501. Collectif — *Mémoires d'Europe II.*
2502. Collectif — *Mémoires d'Europe III.*
2503. Didier Daeninckx — *Le géant inachevé.*
2504. Éric Ollivier — *L'escalier des heures glissantes.*
2505. Julian Barnes — *Avant moi.*
2506. Daniel Boulanger — *La confession d'Omer.*

2507. Nicolas Bréhal — *Sonate au clair de lune.*
2508. Noëlle Châtelet — *La courte échelle.*
2509. Marguerite Duras — *L'Amant de la Chine du Nord.*
2510. Sylvie Germain — *L'Enfant Méduse.*
2511. Yasushi Inoué — *Shirobamba.*
2512. Rezvani — *La nuit transfigurée.*
2513. Boris Schreiber — *Le tournesol déchiré.*
2514. Anne Wiazemsky — *Marimé.*
2515. Francisco González Ledesma — *Soldados.*
2516. Guy de Maupassant — *Notre cœur.*
2518. Driss Chraïbi — *L'inspecteur Ali.*
2519. Pietro Citati — *Histoire qui fut heureuse, puis douloureuse et funeste.*
2520. Paule Constant — *Le Grand Ghâpal.*
2521. Pierre Magnan — *Les secrets de Laviolette.*
2522. Pierre Michon — *Rimbaud le fils.*
2523. Michel Mohrt — *Un soir, à Londres.*
2524. Francis Ryck — *Le silencieux.*
2525. William Styron — *Face aux ténèbres.*
2526. René Swennen — *Le roman du linceul.*
2528. Jerome Charyn — *Un bon flic.*
2529. Jean-Marie Laclavetine — *En douceur.*
2530. Didier Daeninckx — *Lumière noire.*
2531. Pierre Moinot — *La descente du fleuve.*
2532. Vladimir Nabokov — *La transparence des choses.*
2533. Pascal Quignard — *Tous les matins du monde.*
2534. Alberto Savinio — *Toute la vie.*
2535. Sempé — *Luxe, calme & volupté.*
2537. Abraham B. Yehoshua — *L'année des cinq saisons.*
2538. Marcel Proust — *Les Plaisirs et les Jours* suivi de *L'Indifférent* et autres textes.
2539. Frédéric Vitoux — *Cartes postales.*
2540. Tacite — *Annales.*
2541. François Mauriac — *Zabé.*
2542. Thomas Bernhard — *Un enfant.*

2543.	Lawrence Block	*Huit millions de façons de mourir.*
2544.	Jean Delay	*Avant Mémoire (tome II).*
2545.	Annie Ernaux	*Passion simple.*
2546.	Paul Fournel	*Les petites filles respirent le même air que nous.*
2547.	Georges Perec	*53 jours.*
2548.	Jean Renoir	*Les cahiers du capitaine Georges.*
2549.	Michel Schneider	*Glenn Gould piano solo.*
2550.	Michel Tournier	*Le Tabor et le Sinaï.*
2551.	M. E. Saltykov-Chtchédrine	*Histoire d'une ville.*
2552.	Eugène Nicole	*Les larmes de pierre.*
2553.	Saint-Simon	*Mémoires II.*
2554.	Christian Bobin	*La part manquante.*
2555.	Boileau-Narcejac	*Les nocturnes.*
2556.	Alain Bosquet	*Le métier d'otage.*
2557.	Jeanne Bourin	*Les compagnons d'éternité.*
2558.	Didier Daeninckx	*Zapping.*
2559.	Gérard Delteil	*Le miroir de l'Inca.*
2560.	Joseph Kessel	*La vallée des rubis.*
2561.	Catherine Lépront	*Une rumeur.*
2562.	Arto Paasilinna	*Le meunier hurlant.*
2563.	Gilbert Sinoué	*La pourpre et l'olivier.*
2564.	François-Marie Banier	*Le passé composé.*
2565.	Gonzalo Torrente Ballester	*Le roi ébahi.*
2566.	Ray Bradbury	*Le fantôme d'Hollywood.*
2567.	Thierry Jonquet	*La Bête et la Belle.*
2568.	Marguerite Duras	*La pluie d'été.*
2569.	Roger Grenier	*Il te faudra quitter Florence.*
2570.	Yukio Mishima	*Les amours interdites.*
2571.	J.-B. Pontalis	*L'amour des commencements.*
2572.	Pascal Guignard	*La frontière.*
2573.	Antoine de Saint-Exupéry	*Écrits de guerre (1939-1944).*

2574.	Avraham B. Yehoshua	*L'amant.*
2575.	Denis Diderot	*Paradoxe sur le comédien.*
2576.	Anonyme	*La Châtelaine de Vergy.*
2577.	Honoré de Balzac	*Le Chef-d'œuvre inconnu.*
2578.	José Cabanis	*Saint-Simon l'admirable.*
2579.	Michel Déon	*Le prix de l'amour.*
2580.	Lawrence Durrell	*Le sourire du Tao.*
2581.	André Gide	*Amyntas.*
2582.	Hervé Guibert	*Mes parents.*
2583.	Nat Hentoff	*Le diable et son jazz.*
2584.	Pierre Mac Orlan	*Quartier Réservé.*
2585.	Pierre Magnan	*La naine.*
2586.	Naguib Mahfouz	*Chimères.*
2587.	Vladimir Nabokov	*Ada ou l'Ardeur.*
2588.	Daniel Boulanger	*Un été à la diable.*
2589.	Louis Calaferte	*La mécanique des femmes.*
2590.	Sylvie Germain	*La Pleurante des rues de Prague.*

Composition Firmin-Didot.
Impression S.E.P.C. à Saint-Amand (Cher),
le 2 mai 1994.
Dépôt légal : mai 1994.
1er dépôt légal dans la collection : janvier 1994.
Numéro d'imprimeur : 1185.
ISBN 2-07-038841-7./Imprimé en France.

69029